REGALI DIVERTENTI PER AMICI E PARENTI POCO OSSERVANTI

ENIGMISTICA
PER PERSONE STRESSATE

Bestemmie intrecciate
Bestemmie da colorare
Scramble di parole
Cruciverba
Puzzle di calcolo
Tanto altro…

X	B	A	U	Y	S	H	A	A	Z
O	P	X	U	C	Y	I	P	K	Q
I	K	O	J	Q	L	D	H	J	M
M	I	D	R	O	P	M	E	A	Q
A	A	H	Q	C	X	D	A	M	W
D	X	R	B	C	O	M	J	H	V
G	H	Z	P	O	B	D	A	A	M
L	C	X	G	G	I	N	I	G	H
D	R	Z	S	M	J	T	F	O	U
I	C	W	W	D	L	W	E	W	K

DIOC KAN

ITALIANI: popolo di santi, poeti, evasori e BESTEMMIATORI

NON LEGGERAI DUE VOLTE LA STESSA BESTEMMIONA!

CON QUESTO ALBUM DI ENIGMISTICA PER ADULTI, PUOI DIRE ADDIO PER SEMPRE A MALESSERI, CONTRAVVENZIONI, PANDEMIE, GUERRE, BATTERIA DEL TELEFONO ALL'1%, RITARDI FERROVIARI, PERDITA DEL LAVORO, BRUTTI VOTI, AGENTI ATMOSFERICI AVVERSI, DEIEZIONI SOTTO LE SCARPE, ATTESA IN CODA AL SUPERMERCATO, CENE DI FAMIGLIA ECC.

TI ASPETTANO TANTI ORIGINALI GIOCHI PER ADULTI ANTISTRESS: BESTEMMIE INTRECCIATE, CRUCIVERBA, SCRAMBLE DI PAROLE, ACROSTICO, GIOCHI DI PAROLE, ROMPICAPO, ROULETTE E BESTEMMIE DA COLORARE

TI AUGURO POCO STRESS E TANTA GIOIA NELLA VITA. **DIOC KAN**

BUON DIVERTIMENTO!!!

BESTEMMIARE FA BENE ALLA SALUTE

N	B	J	P	Z	J	U	Q	Q	C	E
M	X	Z	E	M	T	U	M	U	P	Q
P	Z	N	R	I	G	X	X	Z	Y	F
D	J	W	X	Z	N	Q	O	O	F	E
A	C	Q	U	I	S	T	A	T	O	Q
F	G	V	F	T	S	B	D	C	B	K
D	A	Q	U	E	R	E	V	A	F	W
U	T	K	U	Z	V	Q	X	R	S	F
J	Y	Q	G	G	R	A	Z	I	E	T
R	T	F	O	T	W	F	D	D	F	D
Q	L	I	B	R	O	H	S	H	U	I

TROVA LE PAROLE:

GRAZIE PER AVER ACQUISTATO QUESTO LIBRO

QUIZ 1

Z	L	N	U	N	P	E	W	R	E	L	D	D	Y	V	A
H	M	A	D	O	N	N	A	S	U	C	C	H	I	A	G
D	I	O	I	N	C	I	N	T	O	G	P	R	J	L	R
G	X	O	N	I	U	S	O	T	S	I	R	C	E	W	V
E	X	E	R	M	D	I	O	M	E	R	D	A	A	J	I
S	V	N	U	T	M	D	C	E	A	C	M	R	T	R	K
J	F	L	P	X	T	Z	F	R	U	E	O	L	Y	G	L
E	V	N	P	Z	S	G	F	A	M	C	I	Q	I	G	S
B	Z	T	J	Z	D	G	I	L	E	X	F	Q	R	D	M
E	R	O	E	J	N	O	A	P	S	K	K	B	W	A	N
T	H	D	Q	D	B	O	A	Y	Z	I	P	F	T	R	T
E	E	X	B	O	Y	A	X	O	I	G	M	D	T	R	W
D	J	B	I	F	I	A	I	B	B	A	S	O	I	D	Z
N	K	D	Y	R	C	X	I	A	W	Y	P	F	U	S	Z
G	L	R	A	F	J	G	P	V	L	H	Y	M	V	H	C
C	W	M	M	A	T	V	G	Z	T	Q	D	O	F	D	E

MARIAAPECORA

CRISTOSUINO

DIOSABBIA

DIOMERDA

GESUEBETE

DIOBOIA

MADONNASUCCHIA

DIOINCINTO

QUIZ 2

R	M	A	X	S	T	G	E	S	U	F	R	O	C	I	O
F	M	V	A	R	F	U	B	D	E	N	A	C	O	I	D
S	A	C	L	Z	Q	E	Y	C	O	I	G	Y	I	N	G
Z	D	E	N	A	C	O	D	R	A	T	S	A	B	O	I
E	O	N	Z	H	Y	X	G	X	X	O	C	N	R	Y	O
A	N	D	Q	D	P	L	X	M	S	F	J	G	B	T	I
I	N	G	X	O	M	C	U	O	V	T	L	Y	I	O	A
N	A	L	S	K	N	A	D	R	W	E	M	D	P	N	Q
S	T	J	H	K	U	I	N	I	G	W	N	E	V	A	G
C	R	B	C	A	R	T	U	E	W	O	N	D	Q	U	U
N	A	S	O	A	L	F	V	D	C	E	K	S	R	G	Z
N	I	X	F	K	C	Q	E	S	E	M	H	B	Z	T	F
L	N	J	J	R	D	I	O	Y	P	B	M	K	B	O	V
S	E	O	M	N	I	I	S	G	C	E	O	T	U	P	Z
B	R	X	X	O	D	X	G	Y	Z	X	G	I	G	W	X
C	I	V	Y	T	H	Y	M	X	D	Q	C	I	D	C	I
E	I	N	H	B	O	T	A	I	C	S	I	P	O	I	D

DIOPISCIATO

DIOSCONDITO

DIOBEDUINO

GESUFROCIO

DIOBASTARDOCANE

DIOCANE

MADONNATRAINERI

DIOPENE

DIO
ACCHIAPPACAZZI

QUIZ 3

B	V	U	K	J	P	J	L	L	P	B	B	G	F	K	P	N	X
W	V	N	F	H	C	R	E	I	R	P	R	N	C	Q	C	O	T
O	T	O	Z	V	C	D	Y	Q	Z	X	A	J	L	Z	X	I	N
V	N	P	T	J	S	G	N	K	Q	I	L	Z	O	O	A	T	V
Q	B	G	W	A	Z	F	C	N	R	G	L	P	C	C	F	X	L
T	V	V	H	D	B	I	O	E	T	Q	U	X	I	S	A	E	A
X	W	O	G	T	D	R	R	N	P	Y	N	E	S	F	N	Y	N
E	L	Z	V	O	O	B	A	U	H	F	O	Q	S	O	R	L	N
D	P	S	I	O	R	S	S	B	G	U	I	L	O	A	E	U	O
D	Q	D	L	X	K	E	P	P	S	U	D	M	T	N	U	T	D
F	I	R	O	O	B	R	C	D	E	O	L	M	O	E	C	X	A
M	A	O	Q	H	A	W	M	L	I	U	I	K	I	D	C	S	M
O	N	D	C	F	E	O	F	N	U	O	C	P	D	N	U	N	A
F	T	W	D	A	W	L	S	Y	E	P	N	A	E	E	E	W	C
H	K	M	O	K	R	N	A	Y	Y	R	O	A	Y	R	P	B	R
D	K	P	A	X	D	I	E	Z	G	E	G	I	N	S	D	P	O
G	G	X	C	B	H	S	A	J	T	F	F	N	D	O	R	A	P
C	T	A	R	W	F	N	Z	S	L	A	X	E	Z	J	K	Z	P

DIONULLA

DIONANO

DIOTOSSICO

DIOCARIA

DIODICK

PADREPIOSBARBATO

PORCAMADONNA

DIOPULCE

QUIZ 4

F G
F N T A
L R D M S C
L B M U S H L C
Z I E E L U H J D A
O I R F B E Z O F J L C
I Z Z A C A I H C C U S U O
T O X L Z U J Q F F U Q H O G I
P C T E S E R O M U T O I D Q P Z
E Z C C A I C C A N N O D A M J G
A I O B A N N O D A M L R B I C
Z A I O R T A N N O D A M D
O D A M A C R O P F D P
M E K A L O C C O Z
Y Y C B B T Q T
O S Q Z M F
R K W H
E R

DIOTUMORE

DIOCACCA

MADONNABOIA

PORCAMADO

SUCCHIACAZZI

ZOCCOLA

MADONNATROIA

MADONNACCIA

QUIZ 5

R N

D S B A

B I S C O D

S S O Q D M I C

Z G E C K I P O D B

V Z E X O Z O T C I O J

O F K S U R S L D O O H R Z

P U M K U E R J E I R C Z F M P

D B R M Q F I O P C O N L V W B H Z

T I H P R A J S S C C U E O L O E I

I O V U L N I J A A T Z F F K T

N C N S S V Y C Z O I B A A

P H O P O R A Z H A V J

A E I D Y Z O Q N F

F C L L Z X A O

X C B I X K

Q A P Q

I I

CLEZIANO

CORNUTO

LECCACAZZI

CAZZO

GESUFALSO

DIOCHECCA

DIOCORROSIVO

QUIZ 6

Z U D D

X D G D I T

O X I E I O O J

N N O O S O A K D D

D E A K T U S N S H I W

Q I G R F C O O L P

E V O G A R O V F J D Y

T Z L A A W V N O P A X F I N J O

S P T P E J W S C A N O C G H Y G

I G Z E W A O Q I T T M J A W A Y

T Z C C F I O O A B D A I

V M S O N I G O H

W U R G I O O P E H

M A C W T G L L M A I E G M

T L B A B J N N D N I Z

I E Y N P O J E Y V

V P Z J K X Z K

M I Q O X U

DIOANOVANTA

DIOPENE

DIOFIGA

DIOTRANS

DIOGAY

DIOAPECORA

DIOANO

GESUFROCIO

DIODILDO

DIOSCOPATO

DIO SPIAGGIA,
PORCO
PER OGNI
GRANELLO DE
SABBIA

QUIZ 7

D M D I

Y I A G I N

X C O D E D O L

A C I P O S I A M C

X N D Z E N U O A B O A

Q E O C N E S A N W

D O C W O A B U F K C W

F Y R V N V J R S E D Z Q P G T O P

X O X F U U Y I H T O H F Z X N O Y

P M O Q G C L N I E R B F V A T P D

N U G L Q O T A E L I D I G

L J U J U R Q O V Z

R G E W C U T P U O

R Q S E N V B W H R V U C X

F I L C I D L P K Z S F

P G G D O O Q Z U R

U K S I I A N A

E D U D D X

DIOPRURITO

GESUEBETE

DIOMONCO

DIOPECORINO

DIOSUDORE

PORCODIO

MADONNASHIT

DIOPUZZA

DIOINCULO

QUIZ 8

X	P	T	H	R									R	Z	M	W
D	G	E	E	I	M							P	X	N	O	L
T	L	E	C	K	L	E					A	M	Q	L	G	
X	R	D	S	O	M	M	M			F	Z	O	Q	A		
M	S	O	I	U	R	P	A	Y	P	F	P	U	T			
	U	B	I	O	S	E	Z	D	O	Z	S	N				
		C	K	O	S	T	L	M	O	V	A					
			C	L	N	P	U	L	A	S	U					
				A	L	E	I	P	A	I	U	Q				
				X	D	U	H	N	R	G	A	I	O			
			S	C	G	A	N	B	A	A	K	L	N	F		
		M	C	G	U	O	L	R	T	O	T	L	A	A	V	
	T	G	E	N	D			A	U	N	V	O	J	X	L	W
K	S	R	F	A					T	X	Z	T	U	M	S	S
Y	N	J	M							T	N	B	H	D	M	Z
Y	A	V									E	E	J	G	N	G
K	D											H	R	O	A	I

PECORELLA

GESUSTUPRATO

MADOSUINA

TROIONE

MUCCADALATTE

DIOSPINA

MAIALA

MADONNASANTA

Gesù
pisciato
in
testa

MANNAGGIA
LA TUNICA
DI GESÙ

QUIZ 9

R	D	E	Z	A	K	I	M	A	K	O	I	D	T	P
A	I	O	P	U	L	O	I	P	E	R	D	A	P	G
M	O	Q	O	B	W	E	C	H	G	S	Y	O	F	M
O	P	D	H	R	C	B	U	Q	E	Z	I	D	O	A
S	E	S	I	O	D	L	W	Z	J	C	F	I	S	D
O	N	O	K	O	J	A	B	B	C	Y	Z	O	O	O
R	N	P	E	J	P	S	L	A	W	G	U	M	T	N
B	E	U	G	M	S	E	I	U	E	X	F	A	R	N
B	L	Q	U	R	G	L	Z	S	S	N	L	F	E	A
E	L	D	P	O	G	I	U	Z	L	E	X	I	M	P
L	O	F	K	A	S	P	P	D	E	P	G	O	O	I
O	N	H	P	X	A	L	K	O	X	N	R	S	O	G
I	E	O	Q	P	Y	Y	A	G	I	T	T	O	I	X
D	I	J	A	R	Z	J	J	F	V	D	H	E	D	V
D	P	O	D	I	R	U	L	O	I	D	L	K	G	Q

GESUPAPA

GESULADRO

MADONNAPIG

DIOPENNELLONE

DIOKAMIKAZE

DIOMAFIOSO

DIOLEBBROSO

DIOPAGLIACCIO

DIOPIGMEO

DIOPEZZENTE

DIOOMERTOSO

DIOLURIDO

PADREPIOLUPO

QUIZ 10

D	M	D	G	D									S	R	U	P
J	I	S	I	A	I							G	U	M	S	D
D	G	O	L	O	K	O					Z	Y	E	M	I	
N	I	S	I	J	F	C	I			O	U	N	D	O		
N	P	O	P	N	Q	U	R	M	J	T	O	J	G			
	Q	T	G	U	C	S	R	K	P	I	B	O				
		X	Z	U	Z	U	M	I	C	R	B					
			N	E	E	E	L	O	O	B	O					
				E	O	R	R	A	O	S	E	B				
				K	T	F	R	I	T	H	O	H	O			
			Y	W	O	X	L	A	P	O	V	R	J	G		
		O	C	I	C	A	R	F	O	I	D	M	X	W	R	
	X	Z	D	Z	J			K	O	S	L	A	F	O	I	D
X	H	V	T	T					T	T	K	R	U	I	P	V
U	K	Z	P							C	Y	K	N	U	Q	H
O	G	A									U	P	S	J	I	H
W	C											S	T	W	Q	H

DIOFALSO

DIOFRACICO

DIOFROCIONE

DIOIMPROBO

DIOINCULATO

DIOGOBBO

DIOGUERRA

DIOFURIOSO

QUIZ 11

Y	G	T	Q	O	X	F	L	W	R	D	T	N	A	G
S	B	X	L	J	L	H	B	O	D	X	U	G	C	D
L	O	N	R	O	F	L	A	O	I	D	G	I	I	K
T	D	V	K	L	A	I	U	Q	Y	O	Z	O	D	P
B	I	M	R	C	W	R	Y	X	I	Z	P	Q	I	N
W	O	V	L	K	E	J	I	D	A	U	H	R	O	S
E	R	K	M	K	O	K	I	C	T	O	F	O	P	O
E	O	C	D	W	I	C	A	T	X	O	S	W	O	O
D	S	C	V	Q	I	Z	A	E	G	B	J	B	M	R
L	P	T	A	H	N	N	U	U	F	Q	T	R	P	E
F	O	K	Y	A	I	U	S	T	H	J	E	I	I	V
B	B	C	C	E	Q	L	Y	U	C	P	I	G	N	O
O	B	S	R	V	A	F	L	P	F	J	Q	G	A	P
V	O	E	S	O	H	H	W	B	H	X	W	M	R	O
I	F	G	I	R	V	T	Q	L	O	V	A	F	O	I
U	I	D	H	Y	K	Z	U	V	C	K	U	I	I	D

OPUTTANIERE

OPOVERO

OPOMPINARO

ISTOPORCO

DIOALSUGO

DIOSCANZACAZZI

DIOROSPO

DIOALFORNO

QUIZ 12

M	Z	O	D	A	M	A	L	A	T	T	O	N	G	I	M
D	J	G	T	U	B	L	O	R	L	L	U	X	F	E	A
G	I	K	V	K	H	I	I	D	A	T	T	A	V	N	P
S	E	O	T	C	M	Q	V	V	M	J	U	E	I	Y	S
D	H	S	V	O	O	E	W	T	E	O	J	O	D	S	Y
I	Q	J	U	E	P	T	R	J	Q	N	U	V	N	T	L
O	P	P	O	F	R	O	R	D	K	Z	S	D	F	D	T
M	O	N	D	G	E	G	R	O	A	P	R	X	Q	T	X
E	M	F	A	K	W	B	I	N	M	D	U	I	M	K	X
R	M	X	M	G	D	S	B	N	O	O	I	O	E	F	X
D	D	G	A	H	E	U	L	R	E	D	T	O	P	W	Y
A	Y	E	C	H	P	I	W	K	E	L	I	S	B	U	T
I	S	H	R	M	M	R	I	D	O	E	L	O	I	P	K
P	E	D	O	O	C	K	M	V	S	Q	P	O	Z	R	K
P	V	K	P	X	X	R	I	T	W	O	M	P	U	N	C
H	K	U	Y	O	N	I	B	R	E	Z	O	I	D	G	Y

CRISTOMORTO

DIOVERGINELLO

MERDADIO

GESUFEBBRE

DIOZERBINO

PORNODIO

MIGNOTTALAMADO

DIOMERDA

PORCAMADO

Se
saltelli
muore la
madonna

QUIZ 13

M	D	H	N	D	E	Z	X	R	L	S	F	Y	L	Z	M	U	H
A	A	M	C	D	I	Y	P	O	O	R	N	P	H	X	U	Z	H
D	Q	U	H	C	F	O	F	A	K	P	H	Y	U	Y	N	L	V
O	G	P	T	U	K	F	C	U	Z	N	V	Y	Z	E	F	C	H
N	Q	L	L	P	A	F	D	A	V	O	I	E	N	J	L	K	N
N	K	X	O	D	A	O	E	H	Z	D	O	O	W	A	P	D	M
A	K	Z	I	F	U	P	T	J	D	Z	I	R	C	H	I	Q	R
P	E	O	O	N	A	U	S	E	G	H	I	C	X	G	J	B	C
E	P	U	K	E	X	Q	C	J	C	O	A	N	D	E	I	L	E
C	F	B	H	O	J	Z	Y	C	B	V	Z	N	O	S	J	O	D
O	J	V	K	V	X	T	I	O	A	D	M	A	C	U	E	N	O
R	E	T	D	N	M	R	S	N	R	Z	S	H	I	P	U	V	X
E	F	R	I	S	U	P	N	J	N	E	H	S	T	E	O	H	W
L	W	Q	M	S	K	O	P	G	I	H	O	B	B	S	B	X	Y
L	F	O	E	W	D	A	F	C	B	H	O	Z	G	C	D	C	V
A	K	G	E	A	L	Q	J	U	E	F	W	D	Z	E	O	L	T
X	R	R	M	H	C	Q	H	F	R	X	A	Y	O	A	N	H	L
S	Y	C	Y	R	B	R	V	M	L	T	O	S	A	G	C	D	Z

GESURICCHIONE

GESUPESCE

CAZZO

GESUANO

MADONNAPECORELLA

DIOCAZZINO

LOFFADIO

MADONNAVACCA

QUIZ 14

D	W	D	B	Z	S	D	J	H	W	T	L	F	G	A
V	I	P	I	K	F	K	I	G	J	D	Y	E	S	G
H	I	O	P	O	E	D	V	O	S	O	S	D	O	D
Z	M	N	P	W	C	H	D	L	B	U	E	I	A	I
R	H	A	T	E	L	I	V	U	C	O	H	P	A	O
X	X	C	D	J	N	K	C	A	X	C	I	T	W	M
B	Q	D	U	O	X	N	N	L	C	Y	E	A	R	E
H	X	I	T	L	N	D	E	O	I	I	E	Y	V	R
V	P	H	I	I	I	N	D	L	D	S	W	P	T	L
K	C	Q	G	T	S	I	A	O	L	V	T	T	A	U
S	P	T	O	E	P	A	T	S	F	O	W	A	Q	Z
E	T	O	V	U	X	S	B	W	U	M	N	Q	M	Z
T	F	X	S	L	I	X	H	D	Y	C	P	E	P	O
Y	F	E	P	R	H	V	N	J	D	H	A	M	R	O
V	G	I	C	E	O	Q	P	E	L	C	M	P	R	X

CRISTODIETA

MADONNASUCA

DIOPENNELLONE

GESUCANDITO

DIOCICLISTA

DIOBOIA

GESUPIDOCCHIO

DIOMERLUZZO

QUIZ 15

P	C	U	M	H	B	G	T	N	A	U	U	V	T	J	Z	E
Z	U	R	A	T	S	I	B	U	C	A	N	N	O	D	A	M
A	U	X	I	U	U	G	H	H	U	R	W	O	L	H	C	C
F	C	D	S	S	T	W	H	X	X	K	L	O	G	I	R	S
O	R	N	I	C	T	S	T	N	K	U	E	M	W	I	X	S
Q	E	G	S	O	L	O	H	G	M	E	D	Q	S	N	B	O
G	D	K	Q	L	M	M	I	A	Q	Z	K	T	A	H	Q	Z
L	X	I	S	B	Q	I	N	N	S	W	O	I	J	P	M	D
G	A	V	O	M	H	N	C	U	C	A	O	R	P	A	D	I
R	I	J	R	M	O	L	N	R	P	U	S	R	J	X	K	O
Y	T	K	T	D	E	Y	J	E	O	R	L	Q	R	R	E	B
C	S	Q	A	H	E	R	C	R	C	P	X	A	I	N	X	R
V	E	M	K	P	Z	O	D	Z	F	U	E	G	D	K	B	I
H	B	L	W	A	R	J	C	A	O	K	T	N	D	I	M	B
A	O	P	X	A	S	X	O	I	S	J	R	I	E	T	O	A
V	I	U	W	H	N	F	W	Z	B	N	N	R	W	M	I	W
U	D	R	I	A	U	O	F	D	O	I	B	S	Z	H	R	Q

MADONNACUBISTA

CRISTOINCULADIO

DIOMERDA

DIOMICROPENE

MADONNAMULO

DIOBRIBA

CRISTOAPECORA

DIOBESTIA

QUIZ 16

C	T	A	U	V	L	W	E	B	N	P	C	O	Z	M	W	K	R	J	O
C	R	P	W	Z	Y	H	A	R	D	A	L	A	N	N	O	D	A	M	H
C	C	I	U	Y	X	Y	N	A	M	D	Z	C	F	X	J	J	A	Y	S
H	R	U	S	S	Z	V	H	I	L	U	I	M	U	Z	X	I	Q	T	K
D	C	I	H	T	L	W	U	H	U	Y	N	O	I	W	G	R	C	O	P
I	Q	D	S	D	O	X	C	F	E	C	K	X	S	G	L	S	I	K	Y
O	U	L	R	T	V	I	I	R	Y	N	N	M	E	C	S	A	W	D	W
I	C	P	F	Q	O	C	N	W	I	O	G	R	J	O	O	A	U	S	T
M	B	P	C	R	A	S	W	C	H	S	R	N	I	Y	K	S	I	U	S
U	P	W	B	B	W	U	B	U	A	O	T	D	E	G	I	F	S	L	Y
H	K	F	P	I	G	N	O	O	C	P	I	O	Q	R	X	H	Y	A	P
D	A	D	N	P	G	C	K	S	R	C	R	I	T	Y	F	R	V	J	U
G	Y	Z	I	F	P	J	A	W	I	R	Y	E	J	A	A	M	N	F	I
O	K	Y	F	J	R	N	R	U	X	R	A	O	T	Q	S	E	E	R	I
Y	T	B	P	R	N	B	S	C	J	W	X	T	C	T	O	S	L	F	O
L	Z	N	A	O	X	O	N	K	W	H	V	K	O	Z	A	Y	A	U	V
E	T	L	D	O	I	N	Y	K	O	Y	R	C	N	P	S	T	K	N	M
K	P	A	K	D	M	E	J	X	W	N	F	D	E	X	A	N	O	R	K
N	M	C	R	X	K	B	G	H	F	L	N	X	Y	N	T	I	W	E	V
C	O	Z	J	B	P	D	E	E	C	T	W	D	Q	J	Q	N	U	O	I

CRISTOINCAPRETTATO

MADONNASCORREGGIA

DIOSUICIDIO

CRISTOTASSA

DIOSCOSSA

CRISTOSBORRATO

MADONNALADRA

DIOIMU

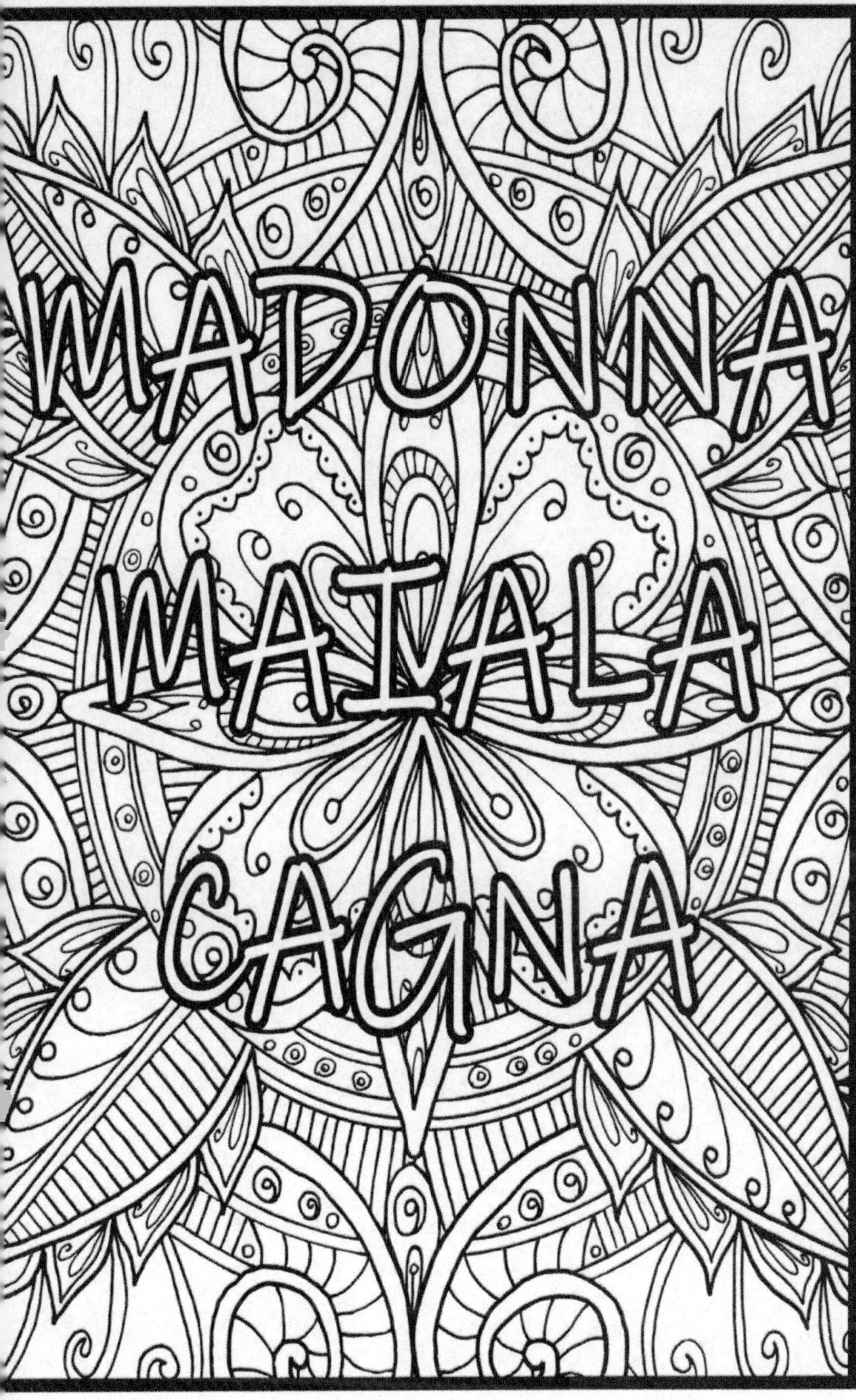
MADONNA
MAIALA
CAGNA

QUIZ 17

V	D	G	L	J	P	D	Y	R	O	X	T	P	H	C	D	T	S	G	U	N	B	G
Y	W	I	D	A	P	R	T	Y	R	B	K	H	K	R	T	P	S	F	X	V	L	V
R	W	G	O	I	C	S	F	C	I	N	U	V	F	I	I	R	P	G	V	Q	D	P
H	A	J	C	D	O	N	G	P	P	H	B	O	D	S	P	P	G	B	K	N	Z	S
N	T	S	Y	Y	O	T	V	K	D	O	L	B	A	T	G	C	P	C	C	R	B	Y
N	L	O	Q	N	W	P	E	K	V	B	X	C	H	O	M	R	W	O	F	W	M	O
B	S	L	T	O	Q	C	P	L	Z	H	N	S	B	S	A	N	X	J	X	Y	X	T
R	U	S	R	I	T	Q	Q	I	E	H	T	C	K	U	K	X	Y	W	C	P	N	Q
F	C	G	O	M	D	O	J	A	A	F	D	Q	C	D	F	B	B	Q	B	L	J	N
R	K	Z	F	B	A	N	M	A	Z	P	O	W	Y	O	A	E	R	C	S	B	A	J
Y	B	C	L	L	H	D	O	E	V	V	E	N	T	R	L	I	T	U	D	F	A	B
Q	W	Y	E	S	Q	N	O	C	R	H	P	N	O	E	S	P	U	A	I	T	U	Z
Q	I	S	O	Z	J	N	G	N	S	R	E	B	E	S	B	X	N	I	V	Q	G	Z
V	D	C	I	F	A	Q	D	T	N	O	E	H	M	T	C	V	A	N	L	I	O	U
M	C	R	D	P	J	D	A	A	G	A	I	T	X	Y	R	A	B	O	P	O	A	G
K	U	T	M	U	R	E	F	Y	J	V	S	D	O	M	H	A	R	U	P	Q	E	T
M	Q	F	V	K	I	H	K	S	L	T	X	A	U	T	E	I	Z	I	I	G	T	K
V	Y	R	W	H	W	M	R	B	R	S	D	Y	N	I	S	I	G	I	C	S	J	B
Z	Z	L	P	K	N	E	Y	G	K	L	B	H	E	G	U	I	C	P	O	O	R	W
T	J	L	F	H	T	H	Z	B	B	X	M	X	R	R	U	Q	R	L	W	N	A	X
N	D	B	N	D	F	Q	O	Q	J	B	I	S	F	X	B	E	Y	C	B	T	E	J
X	Q	M	D	F	G	A	L	C	I	A	B	H	Y	D	W	A	X	S	D	J	M	B
Y	E	O	N	I	P	S	I	R	C	N	A	S	A	I	G	G	A	N	N	A	M	E

DIOTELEFONOSCARICO

DIOELFO

MADONNASANGUE

DIOSCONDITO

CRISTOTERREMOTO

DIODOPPIAPENETRAZIONE

MANNAGGIASANCRISPINO

CRISTOSUDORE

QUIZ 18

E	F	Y	C	E	O	E	H	D	C	L	J	W	A	C	B	D
Z	P	R	K	P	F	K	O	A	A	B	M	B	R	O	D	S
X	W	Q	O	O	Y	S	J	I	R	G	P	I	A	M	I	M
D	X	P	B	C	U	X	L	W	V	Q	S	H	A	M	O	M
R	I	K	H	T	I	M	H	J	H	T	W	D	R	E	F	D
N	A	O	P	I	P	O	N	B	O	U	O	H	C	C	U	Z
P	O	J	M	G	O	D	I	P	F	N	J	O	V	G	N	K
L	T	R	J	U	J	M	U	L	N	A	R	P	V	O	E	E
T	T	O	W	F	S	T	C	A	S	C	J	R	V	Y	R	Y
R	E	N	L	O	T	U	N	W	N	I	R	C	O	J	A	Y
E	L	X	P	A	X	E	L	I	R	R	G	I	A	V	L	E
N	U	X	N	J	R	X	O	M	E	J	D	N	W	P	E	W
Y	M	O	Y	A	K	T	Y	K	A	O	H	Z	O	P	M	P
J	O	H	O	O	S	P	D	D	C	N	S	B	F	R	L	U
I	I	Z	K	I	T	P	B	R	E	G	O	A	X	V	E	Q
M	D	V	R	X	Y	Z	O	R	J	A	X	L	E	M	B	L
A	E	C	B	R	D	P	A	G	L	B	I	F	O	X	D	Y

DIOMUSULMANO

PORCODIO

FROCIOILSIGNORE

DIOMULETTO

MADONNANERA

DIOFUNERALE

CRISTOPUTTANO

CRISTOINCROCE

QUIZ 19

D	X	T	Y	V	Z	R	Y	U	R	D	G	D	E	F	D	S
Z	F	S	L	H	X	A	M	I	I	E	T	C	J	A	I	E
C	R	R	T	T	T	J	Z	O	U	X	R	S	E	G	D	A
R	E	V	X	A	C	A	P	I	N	I	V	Q	N	I	K	O
I	H	N	Y	R	G	U	R	J	S	E	Y	O	O	M	G	F
S	X	C	H	D	T	C	N	T	N	T	R	C	A	I	C	F
T	E	U	X	I	U	N	O	F	K	E	O	D	K	I	D	O
O	V	C	N	U	S	L	N	P	S	N	O	R	R	V	S	G
S	Y	C	I	N	U	Q	K	E	D	N	L	I	K	U	Q	O
P	I	V	V	R	F	Q	N	O	N	B	X	B	W	U	Y	I
E	H	D	I	G	Y	Z	M	A	F	G	J	G	N	L	Y	D
N	N	D	Y	Z	A	B	S	H	P	J	U	N	U	K	S	U
N	O	L	M	P	U	B	A	R	B	Q	M	A	A	E	P	V
A	J	T	E	C	O	P	Y	N	A	W	R	M	P	A	T	D
T	X	N	A	R	M	O	S	F	U	V	J	F	Q	D	E	N
O	E	T	R	E	K	W	G	F	E	D	V	D	Z	E	W	R
E	O	A	B	R	Z	V	S	E	P	M	U	R	T	O	I	D
E	J	P	W	I	J	T	O	C	U	M	O	I	D	G	I	X

GNORESENZAPENE

ADONNASBORRA

OMUCO

OPUTIN

OTRUMP

DIOCONDOMBUCATO

DIOGOFFO

CRISTOLURIDO

CRISTOSPENNATO

MADONNASUDICIA

QUIZ 20

W	C	H	H	K	K	O	S	Z	P	D	U	W	T	L	R	I	N	K
M	E	R	P	J	Y	U	Z	B	I	T	B	A	V	K	N	P	M	Z
A	D	S	I	R	S	S	N	Z	J	I	Z	F	A	M	U	V	A	L
B	Q	I	Y	S	N	V	C	D	I	A	W	K	D	A	M	B	D	F
V	L	J	O	X	T	U	H	S	I	N	P	E	U	A	C	S	O	S
K	Y	W	R	I	W	O	G	R	E	O	Q	L	D	W	H	Z	N	T
Y	D	H	N	W	N	U	S	I	D	N	M	O	Q	A	J	F	N	G
L	I	V	P	R	G	G	G	E	Q	M	N	I	N	C	M	U	A	R
X	O	Y	J	H	M	T	A	P	G	N	Z	N	C	M	S	B	S	B
T	I	Z	A	O	H	O	C	N	A	A	O	E	R	H	E	S	U	E
N	N	I	N	U	Y	G	T	I	N	D	A	E	N	F	I	C	X	Y
N	F	L	T	P	P	F	C	I	A	A	V	D	A	G	E	A	N	Y
G	A	X	I	K	N	T	V	M	W	F	U	V	U	M	A	F	X	S
V	R	H	V	F	U	T	A	Z	K	C	R	C	U	E	H	W	X	U
R	T	R	B	S	S	L	D	S	A	R	P	Q	C	W	M	D	M	Y
A	O	S	B	F	I	Q	I	O	W	A	L	W	I	E	N	A	U	S
R	X	I	H	T	P	Z	T	C	X	H	G	O	E	F	L	M	N	F
G	G	H	T	D	I	N	H	B	A	W	X	I	N	F	P	L	W	I
I	R	O	A	V	I	Q	M	B	H	S	V	Z	H	H	P	X	I	X
W	F	E	F	E	S	D	T	L	J	L	F	I	K	I	D	Y	D	F

MADONNASUXNXX

DIOINFARTO

CRISTOSEGAADUEMANI

FOTTILAMADONNA

CRISTOBUCODELCULO

DIOINGANNAUCCELLI

DIOMICHIA

MADONNAICTUS

Dio
assorbente

QUIZ 21

G X

Z K

O Y T N

A E A M

P J F A C Y

V B N Q E H P A D R E M A I B B I B

K V W U R O T A T U P M A O I D Y

S R J C D R D D J A N A N K N

F A O L A I I T C I E C J

T U S O M E O C O O G

N B J R A C F E G

Z A F E X A T W U B N

I F Z P I N I G U J M M T

X F E O Y N J B U H P I A B Y

Q O F I H O L M F A T Q H

E G S D K D N A I G O Y

C U J S A B E A C K

Z H V M U R X T

BIBBIAMERDA

DIOBAFFO

MADONNACCIA

PUTAMADRE

DIOFUMATO

DIOAMPUTATO

DIOPERETA

QUIZ 22

```
                  F
                H N P
                B H K
              P I W A V
              E D G M E
G R V C B Q J L E H M Z D T O K C G O
  A Q X R P U S O S U I Z N W O O L O
    L X P I O V L N O W I D T G Y X
      C S I S N O Z I H A A B B W
        D G Q T E W C Z N L D E
          D A R O C N A Z G Y
          E B O E B T C X U E
        R I H B V A O O H N G M
      J N S O J S Z A I B S E A Y
    X O K T T S   I B X A I K V O I
  C A J S A A             A L Z F B I B
B B C I E O                 W L G T X D
N W R K I                     W S U T K
W C L D                         T L O J
```

CRISTOBECCHINO

CRISTOBOIA

DIOAGUZZINO

DIOZERBINO

DIOASSATANATO

DIOSEGA

DIO BASTONATO
AL CALEN DI
MAGGIO

QUIZ 23

H	G	D	U	A	D	U	R	S	G	R	I	J	K	C	W	M
V	X	E	K	I	U	I	H	W	N	Z	E	O	L	F	O	Z
Z	D	Y	S	H	E	U	O	W	Q	W	I	Q	X	D	H	R
S	B	I	T	U	G	Z	I	S	Y	O	Q	W	I	F	C	O
W	M	T	O	I	S	Q	F	T	E	C	O	O	T	R	J	X
D	V	O	K	Z	U	P	E	X	P	R	S	K	I	N	O	V
I	F	H	P	U	E	V	A	K	U	C	P	S	E	W	D	P
O	C	N	X	S	X	R	I	C	H	U	T	E	C	Z	U	D
S	B	U	E	T	O	T	B	I	C	O	C	P	N	J	I	K
P	D	X	L	N	B	R	F	I	T	I	P	N	O	T	K	E
O	E	D	C	M	W	O	N	A	N	O	A	P	L	P	E	X
R	L	I	O	S	C	X	M	A	S	O	Z	T	Y	J	U	H
C	N	J	P	A	Q	A	Z	H	S	R	W	A	O	K	Q	A
O	D	D	N	A	R	Q	R	D	Q	M	N	O	D	R	K	J
Q	V	Y	D	R	B	O	K	I	J	G	Y	P	J	I	E	B
Z	I	Z	O	K	D	P	W	A	Z	A	R	X	S	U	G	D
R	L	A	N	T	W	R	M	J	B	C	A	Q	J	B	G	R

DIOSCHIFOCAN

CRISTOTAMARRO

DIOSERPENTE

SANROSPO

GESUSPACCIATORE

DIOSPORCO

DIOZERBINO

QUIZ 24

J	X	L	C	C	M	B	F	F	I	B	V	F	U	Z	U	M
M	C	A	U	H	O	L	V	I	K	Z	F	Z	K	J	A	D
A	R	Q	J	C	Z	S	Y	F	J	O	H	C	K	N	D	I
D	I	C	X	A	I	M	U	V	L	H	O	H	N	S	I	O
O	S	O	J	G	V	R	I	A	V	T	B	A	Y	K	O	C
N	T	Q	E	X	L	E	U	F	A	S	G	Z	E	H	C	A
N	O	Y	G	H	G	Q	A	R	G	G	R	D	K	R	A	G
A	C	C	T	P	S	E	T	C	I	T	L	P	P	O	N	N
P	A	Q	D	O	C	S	S	A	R	Z	I	V	Q	X	N	A
U	N	T	I	I	A	C	I	U	H	O	J	K	O	R	I	C
T	C	D	Q	C	G	L	O	F	S	X	P	G	V	S	B	C
T	R	L	O	B	P	Y	K	Y	J	Q	E	D	T	B	A	I
A	O	I	W	O	D	P	Z	S	G	G	U	F	O	T	L	O
N	D	T	M	E	E	U	J	V	L	J	K	A	E	K	E	M
A	F	O	J	L	K	Q	H	V	U	B	G	D	L	S	S	S
Q	E	S	E	J	B	Q	S	B	N	D	T	J	N	O	B	H
S	D	F	A	K	L	Y	C	S	N	Y	G	D	A	B	Q	C

DIOCASTRATO

MANNAGGIAILPOMO

PORCAEVA

DIOCAGNACCIO

MADONNAPUTTANA

GESUSQUALO

CRISTOCANCRO

DIOCANNIBALE

DIOSQUALO

ROULETTE DELLA BESTEMMIA

Preferibilmente, non strappare questo foglio; usa una matita e, come se fosse una roulette, fai girare la matita su questa pagina con attenzione. Quando la matita si ferma, la punta ti indicherà uno dei 4 settori della 'roulette'. A seconda di dove punta la matita, scegli una delle 4 azioni da compiere: SPERO NON PREGARE DIO PORCO!!!

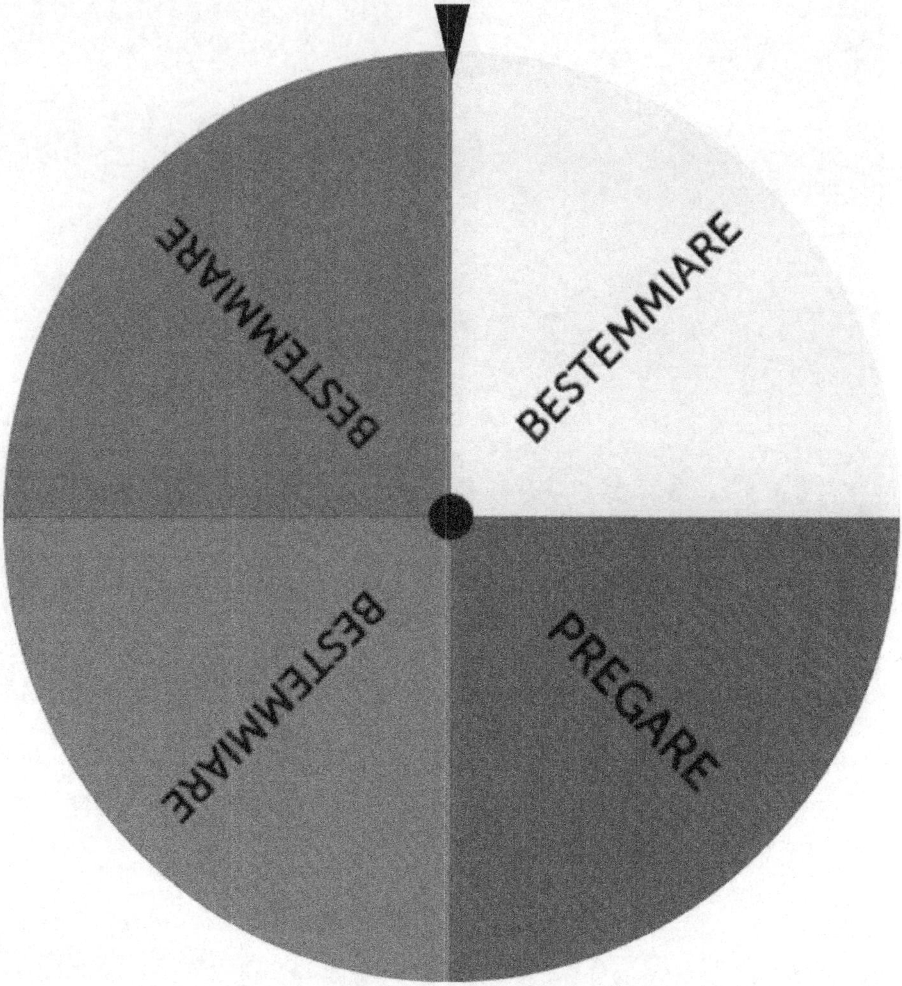

QUIZ 25

Y	U	F	D	I	O	L	I	B	A	N	O	R	Z	L	P	C
M	V	W	Y	J	V	F	K	G	Z	Q	F	R	Q	N	R	Y
O	O	L	D	A	O	E	H	D	I	U	P	B	L	I	X	R
Z	C	I	F	I	W	T	K	E	B	T	Y	M	S	E	P	V
Z	O	W	K	H	R	D	P	Y	Y	L	V	T	G	A	X	B
I	R	T	R	C	X	L	N	I	F	I	O	Q	Z	U	N	T
H	R	V	V	C	E	S	D	O	R	P	U	A	A	H	G	N
C	A	D	B	A	F	D	C	D	E	C	G	O	Z	B	D	P
S	P	R	X	M	G	Z	I	D	I	A	O	N	O	I	N	S
O	O	A	P	O	F	B	O	O	N	F	M	T	O	G	S	T
I	I	H	Q	I	R	F	E	N	B	H	L	G	S	E	A	N
D	D	O	E	D	I	T	O	H	L	I	U	T	T	I	P	G
V	D	P	V	L	R	D	J	K	Q	E	B	Q	A	I	R	V
M	J	X	O	G	A	B	P	P	R	B	J	B	Z	Z	R	C
M	Q	K	C	M	N	W	N	R	A	W	B	H	I	U	X	E
W	L	Y	Y	V	S	Y	A	P	R	G	G	W	I	A	W	S
W	X	A	I	M	M	E	T	S	E	B	O	T	S	I	R	C

CRISTOCRIPTO

CRISTOPEDOFILO

DIOBIBBIA

DIOSCHIZZO

DIOGUERRA

MADONNAGAZA

DIOMACCHIA

DIOLIBANO

CRISTOBESTEMMIA

DIOPARROCO

QUIZ 26

SCRAMBLE DI PAROLE, LIVELLO IMPOSSIBILE. Esempio: (ODI=DIO)

1																
2																
3																
4																
5																
6																
7																
8																
9																
10																

1 IUITLCOAOND

2 RSIRDCEMOTA

3 RAPONAMEANNETATD

4 OICUCILZDOABNAOT

5 MOOIRC

6 STOCRI

7 DSCOOIROT

8 UNMOLAADNIRDA

9 HRASIECAOROTCT

10 EEEPLSPNEZALRAT

ROULETTE DELLA BESTEMMIA

Preferibilmente, non strappare questo foglio; usa una matita e, come se fosse una roulette, fai girare la matita su questa pagina con attenzione. Quando la matita si ferma, la punta ti indicherà uno dei 6 settori della 'roulette'. A seconda di dove punta la matita, scegli una delle 6 azioni da compiere

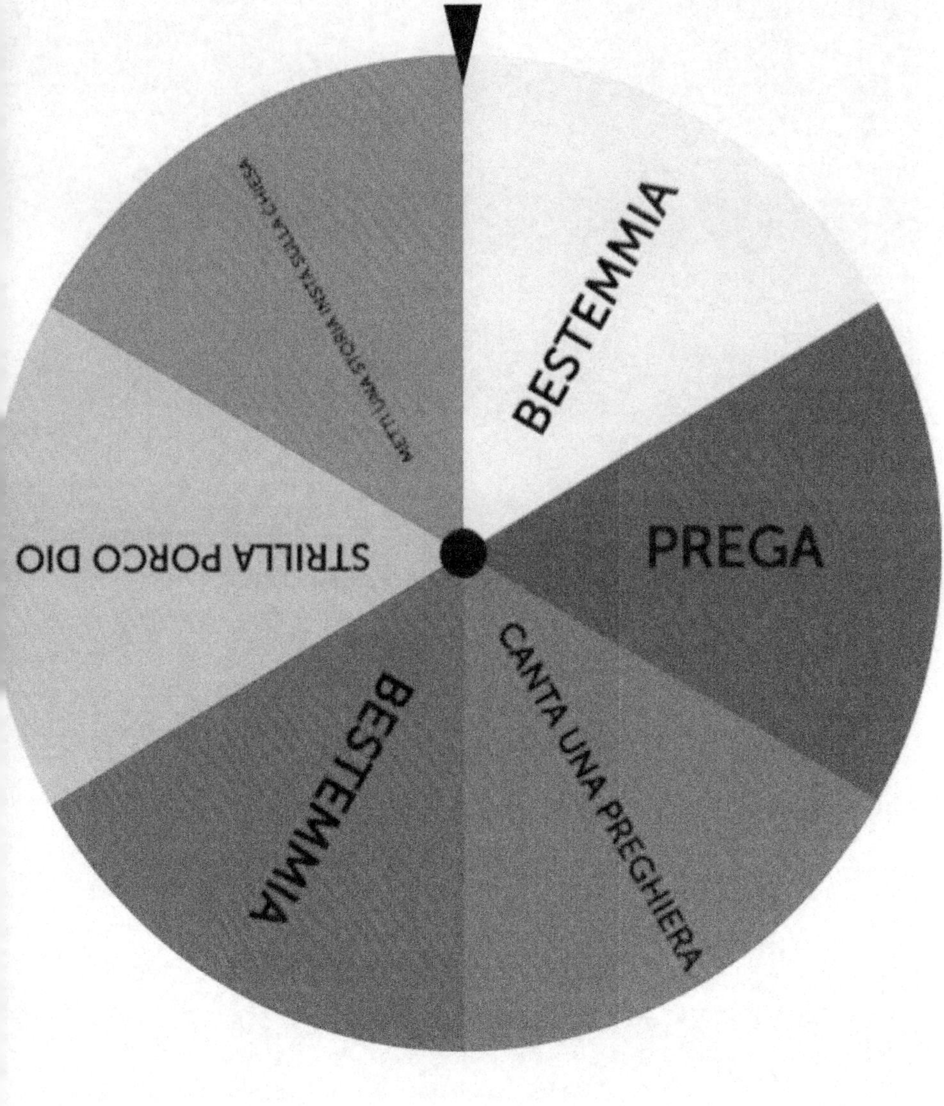

QUIZ 27

SCRAMBLE DI PAROLE, LIVELLO Intermedio. Esempio: (ODI=DIO)

1										
2										
3										
4										
5										
6										
7										
8										
9										
10										

1 ONPOPDIOIM

2 IASTCEOROT

3 AILASHCE

4 SIOHFCAF

5 CMOE

6 AIORPCR

7 IIOEPLFD

8 OENODV

9 EREESS

10 STRAIATC

QUIZ 28

SCRAMBLE DI PAROLE, LIVELLO Intermedio. Esempio: (ODI=DIO)

1									
2									
3									
4									
5									
6									
7									
8									
9									
10									

1 OOMPIB

2 IA

3 RIACPRO

4 TMTLIEEDA

5 IIGLF

6 ID

7 TAANPUT

8 EAZSN

9 LELPA

10 OIPCRODO

ROULETTE DELLA BESTEMMIA

Preferibilmente, non strappare questo foglio; usa una matita e, come se fosse una roulette, fai girare la matita su questa pagina con attenzione. Quando la matita si ferma, la punta ti indicherà uno dei 8 settori della 'roulette'. A seconda di dove punta la matita, scegli una delle 8 azioni da compiere

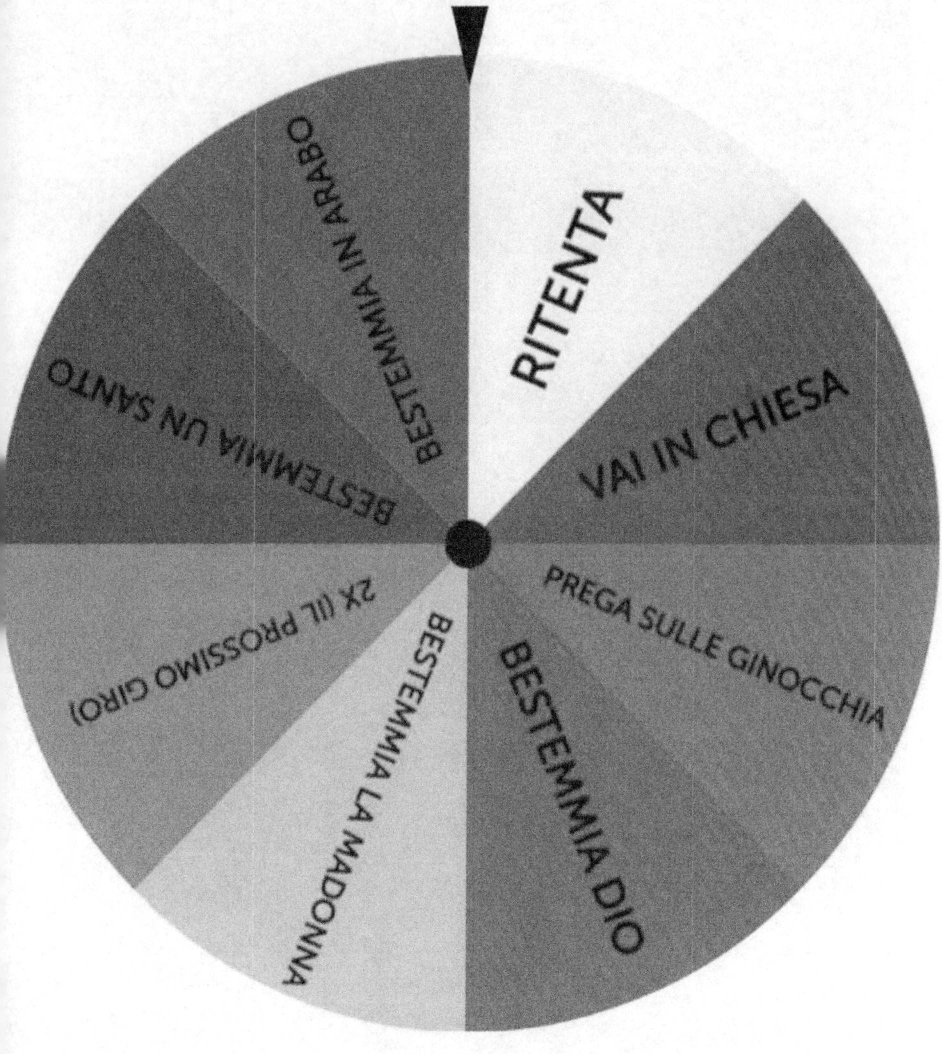

QUIZ 29

CRUCIVERBA, LIVELLO INTERMEDIO

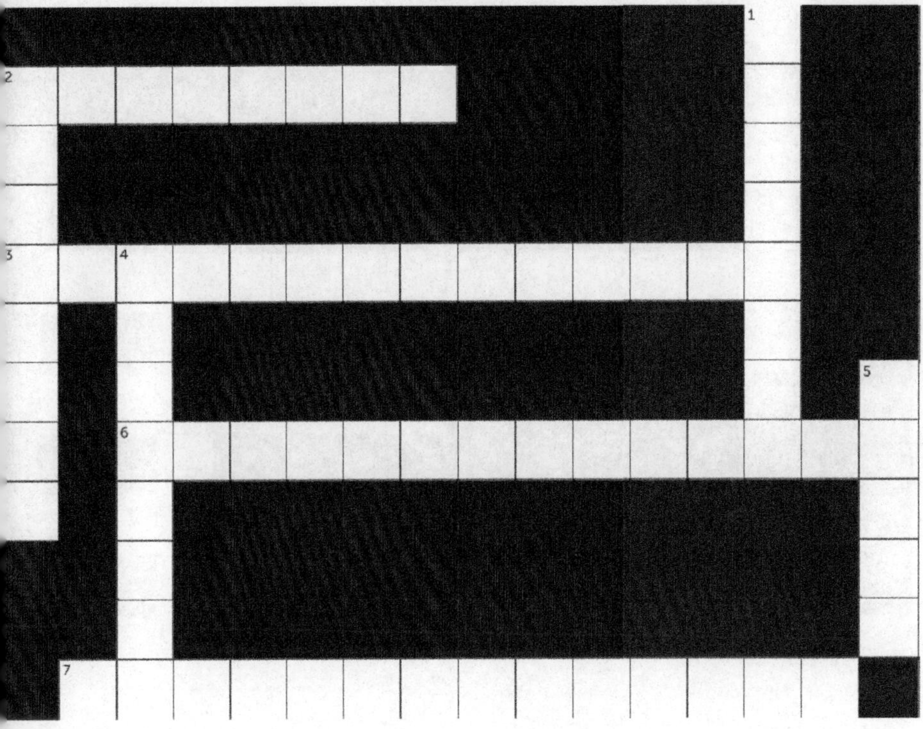

Orizzontale

2 DIO ANIMALE ROSA CON CODA ARRICCIATA

3 LA MADRE DI DIO PER STRADA A BATTERE

6 LA MADRE DI DIO PIEGATA A 90°

7 LA MADRE DI DIO TRADITA

Verticale

1 DIO LUPIN

2 DIO SENZA UN BRACCIO

4 DIO MARRONE CHE GALLEGGIA IN ACQUA

5 IL NOME DELLA PUTTANA DELLA MADONNA

QUIZ 30

CRUCIVERBA, LIVELLO INTERMEDIO

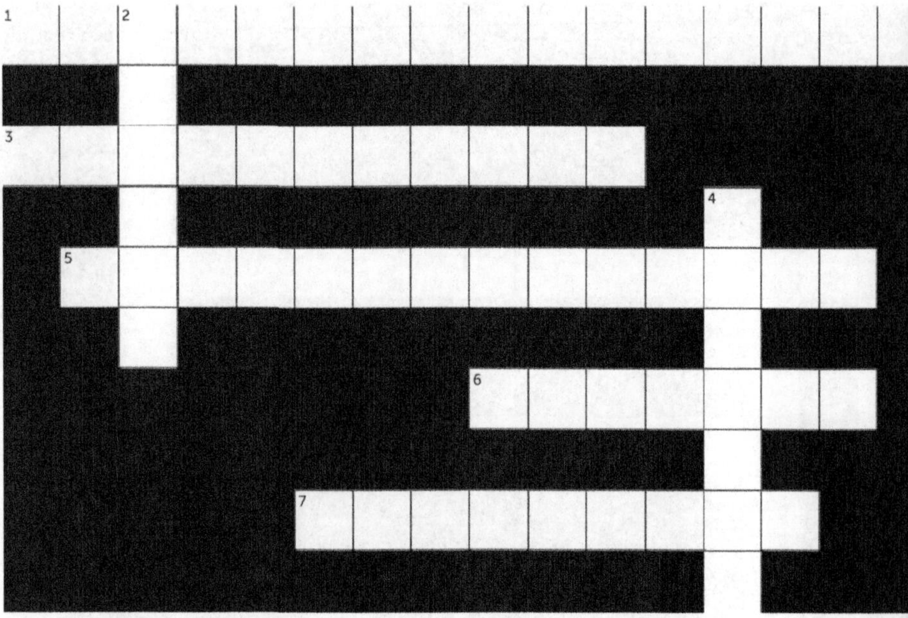

Orizzontale

1 LA MADRE DI DIO SULLE GINOCCHIA CHE SUCCHIA

3 DIO SENZA PALLE

5 MADRE DI DIO OMOSESSUALE

6 DIO ANIMALE DOMESTICO MIGLIORE AMICO DELL UOMO (AUTORE DEL LIBRO)

7 DIO CHE VENDE DROGA

Verticale

2 DIO CON UN UOMO

4 DIO CHE NON CREDE IN DIO

DIO
STUPRATO DA
UN NEGRO
CON UN
CAZZO DI
35 cm

QUIZ 31

ACROSTICO, rispondi ai quesiti, e trova la soluzione nascosta

1 quello che odi tanto figlio della madonna

2 animale verde cartone shrek con la P iniziale + Dio

3 Dio più animale verde cartone shrek

4 Madonna puttana in francese

5 Dio + uomo Russo odiato da tutto il mondo o quasi...

6 Cristo omosessuale non frocio ma...

QUIZ 32

ACROSTICO, rispondi ai quesiti QUI DI FIANCO, e trova la soluzione nascosta ⟶

1 orca con la quattordicesima lettera all inzio

2 Dio con il membro maschile

3 frutto al femminile con la G

4 Dio cabron in Italiano

5 quando si mangia il gelato lo si

6 puttana madre in spagnolo

7 escrementi umani in un linguaggio volgare con aggiunta di Dio

8 Cristo coglione in inglese

9 Dio di una sporcizia tale da suscitare ribrezzo

10 Madonna puttana in Inglese

11 la mamma di Dio più cane al femminile

12 Madonna bovino nel linguaggio rustico toscano

13 Dio brutto come il water (volgare)

14 Madonna a 90

15 Dio animale che striscia allungato invertebrato piccole dimensioni

QUIZ 32

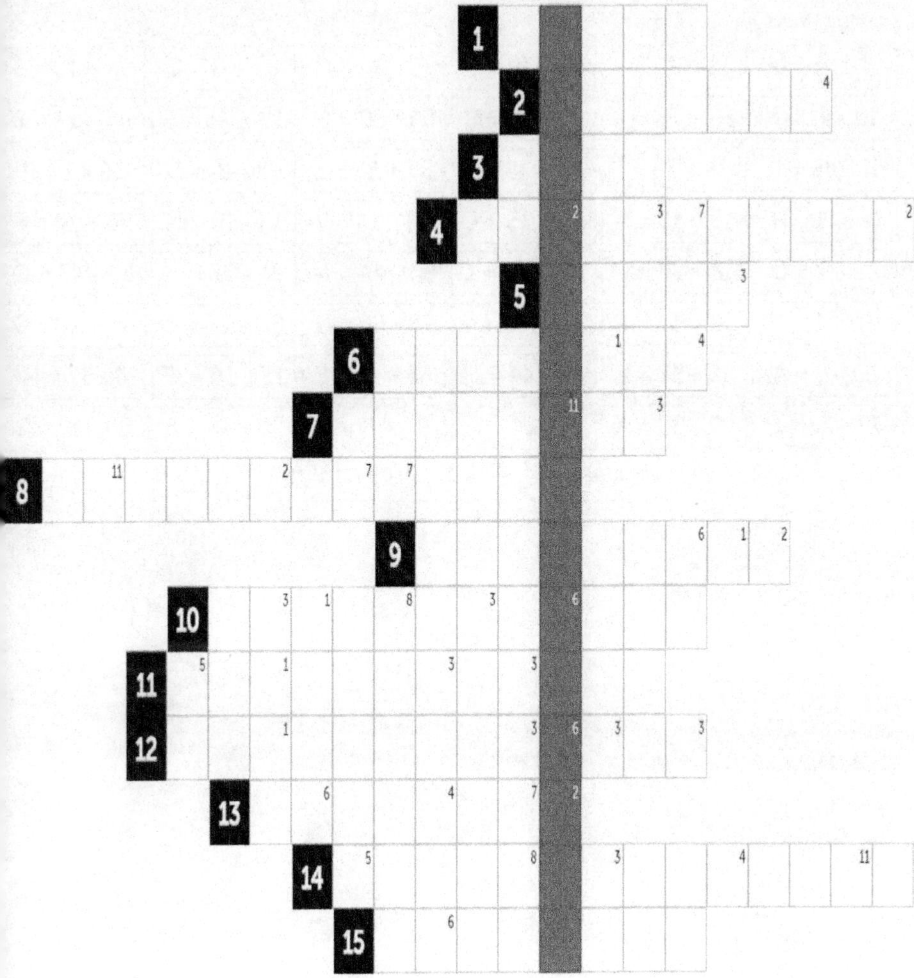

QUIZ 33

ROMPICAPO DI MATEMATICA, risolvi le operazioni ed inserisci la lettera nella casella corrispondente. Esempio: 14+15=A (inserisci la lettera A nella casella con riportato il numero 29

14 + 15 = A	11 + 22 = I	57 - 30 = P	70 - 32 = Q	82 + 8 = C	88 + 10 = S
80 - 41 = F	36 + 38 = A	98 - 18 = B	59 - 38 = O	19 + 25 = E	84 - 59 = T
61 - 49 = N	51 + 30 = I	39 + 15 = A	39 + 53 = L	92 : 46 = D	36 x 1 = R
9 + 11 = H	13 + 15 = A	20 + 15 = C	98 - 23 = V	13 - 10 = N	86 + 10 = E
23 + 7 = O	42 + 28 = O	94 - 63 = I	60 - 44 = M	21 - 20 = A	54 - 43 = C
18 - 11 = M	38 + 33 = C	81 - 76 = A	75 - 56 = U	67 + 26 = E	47 + 44 = S
82 - 9 = A	75 - 38 = E	86 - 44 = H	83 - 42 = E	11 + 36 = O	4 x 17 = M
77 - 22 = E	92 - 30 = A	61 x 1 = I	92 + 8 = C	70 - 48 = È	80 - 56 = S

28 + 66 = R	32 + 27 = U	71 - 71 = D

38	59	1	3	0	21

75	41	2	70

19	12	29

90	20	33	55	24	74

92	5

27	94	31	16	62

100	30	91	54

35	42	37

39	73	71	11	61	47

22

80	44	98	25	93	68	7	81	28	36	96

QUIZ 34

5 + 31 = L	39 - 18 = L	78 : 2 = R	53 - 1 = L	5 + 52 = G	59 - 27 = I	34 - 3 = L
85 - 18 = I	6 + 64 = I	54 + 17 = G	95 x 1 = E	43 + 42 = I	34 : 2 = R	9 + 4 = P
15 : 1 = N	79 + 11 = A	72 - 63 = I	24 x 2 = A	21 + 61 = A	83 - 33 = O	77 - 52 = C
25 - 3 = N	3 x 2 = E	10 + 46 = D	97 : 97 = M	94 - 5 = R	84 + 16 = E	96 - 5 = E
82 - 20 = D	98 - 64 = O	49 - 22 = N	46 + 30 = T	55 + 31 = I	42 + 13 = I	13 - 8 = O
	56 - 32 = A	17 + 26 = O	94 - 30 = I	13 x 2 = G	39 + 22 = O	

61	62	32	43	31	90	17	6	36	86	26	85	5	15	95	

56	64	34		67

13	89	100	76	70		1	24	22	27	48	71	57	9	82	55	21

25	52	91	39	50

QUIZ 35

19 + 35 = M	40 : 1 = I	47 + 47 = Q	7 + 52 = T	73 x 1 = L	93 - 45 = A	28 + 65 = U
67 - 4 = A	69 - 14 = E	48 - 7 = A	41 + 56 = B	14 + 17 = F	82 - 14 = M	88 - 72 = S
44 + 43 = D	73 - 64 = S	2 + 78 = A	44 + 35 = U	73 - 63 = E	79 - 36 = E	40 : 2 = T
10 : 5 = E	4 + 7 = T	21 + 56 = I	2 x 6 = N	58 - 21 = B	64 + 1 = L	73 - 69 = B
74 - 27 = E	99 - 75 = E	92 - 10 = E	71 + 24 = S	21 + 8 = A	65 + 21 = M	94 - 24 = L
13 + 17 = M	11 + 63 = R	75 + 23 = I	45 + 4 = !	23 - 22 = N	82 - 30 = I	33 + 24 = A
			96 - 81 = E			

4	47	95	20	24	68	86	77	41	74	82		31	63	37	55	1	15

80	65	70	57	9	29	73	93	11	43		94	79	40	12	87	98

	97	2	16	59	10	30	54	52	48	49

DIO A
PECORINA

ECCO A TE LE RISPOSTE

DEI QUIZ DI ENIGMISTICA

PER PERSONE STRESSATE

_ I _ P_ _ _ _ !!!

RISPOSTA QUIZ 1

Z	L	N	U	N	P	E	W	R	E	L	D	D	Y	V	A
H	M	A	D	O	N	N	A	S	U	C	C	H	I	A	G
D	I	O	I	N	C	I	N	T	O	G	P	R	J	L	R
G	X	O	N	I	U	S	O	T	S	I	R	C	E	W	V
E	X	E	R	M	D	I	O	M	E	R	D	A	A	J	I
S	V	N	U	T	M	D	C	E	A	C	M	R	T	R	K
U	F	L	P	X	T	Z	F	R	U	E	O	L	Y	G	L
E	V	N	P	Z	S	G	F	A	M	C	I	Q	I	G	S
B	Z	T	J	Z	D	G	I	L	E	X	F	Q	R	D	M
E	R	O	E	J	N	O	A	P	S	K	K	B	W	A	N
T	H	D	Q	D	B	O	A	Y	Z	I	P	F	T	R	T
E	E	X	B	O	Y	A	X	O	I	G	M	D	T	R	W
D	J	B	I	F	I	A	I	B	B	A	S	O	I	D	Z
N	K	D	Y	R	C	X	I	A	W	Y	P	F	U	S	Z
G	L	R	A	F	J	G	P	V	L	H	Y	M	V	H	C
C	W	M	M	A	T	V	G	Z	T	Q	D	O	F	D	E

RISPOSTA QUIZ 2

R	M	A	X	S	T	G	E	S	U	F	R	O	C	I	O	G
F	M	V	A	R	F	U	B	D	E	N	A	C	O	I	D	F
S	A	C	L	Z	Q	E	Y	C	O	I	G	Y	I	N	G	S
Z	D	E	N	A	C	O	D	R	A	T	S	A	B	O	I	D
E	O	N	Z	H	Y	X	G	X	X	O	C	N	R	Y	O	D
A	N	D	Q	D	P	L	X	M	S	F	J	G	B	T	I	R
I	N	G	X	O	M	C	U	O	V	T	L	Y	I	O	A	L
N	A	L	S	K	N	A	D	R	W	E	M	D	P	N	Q	A
S	T	J	H	K	U	I	N	I	G	W	N	E	V	A	G	Q
C	R	B	C	A	R	T	U	E	W	O	N	D	Q	U	U	H
N	A	S	O	A	L	F	V	D	C	E	K	S	R	G	Z	A
N	I	X	F	K	C	Q	E	S	E	M	H	B	Z	T	F	W
L	N	J	J	R	D	I	O	Y	P	B	M	K	B	O	V	E
S	E	O	M	N	I	I	S	G	C	E	O	T	U	P	Z	O
B	R	X	X	O	D	X	G	Y	Z	X	G	I	G	W	X	S
C	I	V	Y	T	H	Y	M	X	D	Q	C	I	D	C	I	H
E	I	N	H	B	O	T	A	I	C	S	I	P	O	I	D	M

RISPOSTA QUIZ 3

B V U K J P J L L P B B G F K P N X
W V N F H C R E I R P R N C Q C O T
O T O Z V C D Y Q Z X A J L Z X I N
V N P T J S G N K Q I L Z O O A T V
Q B G W A Z F C N R G L P C C F X L
T V V H D B I O E T Q U X I S A E A
X W O G T D R R N P Y N E S F N Y N
E L Z V O O B A U H F O Q S O R L N
D P S I O R S S B G U I L O A E U O
D Q D L X K E P P S U D M T N U T D
F I R O O B R C D E O L M O E C X A
M A O Q H A W M L I U I K I D C S M
O N D C F E O F N U O C P D N U N A
F T W D A W L S Y E P N A E E E W C
H K M O K R N A Y Y R O A Y R P B R
D K P A X D I E Z G E G I N S D P O
G G X C B H S A J T F F N D O R A P
C T A R W F N Z S L A X E Z J K Z P

RISPOSTA QUIZ 4

F G
F N T A
L R D M S C
L B M U S H L C
Z I E E L U H J D A
O I R F B E Z O F J L C
I Z Z A C A I H C C U S U O
T O X L Z U J Q F F U Q H O G I
P C T E S E R O M U T O I D Q P Z D
E Z C C A I C C A N N O D A M J G P
A I O B A N N O D A M L R B I C
Z A I O R T A N N O D A M D
O D A M A C R O P F D P
M E K A L O C C O Z
Y Y C B B T Q T
O S Q Z M F
R K W H
E R

RISPOSTA QUIZ 5

R N
D S B A
B I S C O D
S S O Q D M I C
Z G E C K I P O D B
V Z E X O Z O T C I O J
O F K S U R S L D O O H R Z
P U M K U E R J E I R C Z F M P
D B R M Q F I O P C O N L V W B H Z
T I H P R A J S S C C U E O L O E I
I O V U L N I J A A T Z F F K T
N C N S S V Y C Z O I B A A
P H O P O R A Z H A V J
A E I D Y Z O Q N F
F C L L Z X A O
X C B I X K
Q A P Q
I I

RISPOSTA QUIZ 6

Z U D D
X D G D I T
O X I E I O O J
N N O O S O A K D D
D E A K T U S N S H I W
Q I G R F C O O L P
E V O G A R O V F J D Y
T Z L A A W V N O P A X F I N J O F
S P T P E J W S C A N O C G H Y G D
I G Z E W A O Q I T T M J A W A Y D
T Z C C F I O O A B D A I V
V M S O N I G O H O
W U R G I O O P E H
M A C W T G L L M A I E G M
T L B A B J N N D N I Z
I E Y N P O J E Y V
V P Z J K X Z K
M I Q O X U

RISPOSTA QUIZ 7

```
            D M D I
          Y I A G I N
        X C O D E D O L
      A C I P O S I A M C
    X N D Z E N U O A B O A
  Q E O     C N E S     A N W
D O C W     O A B U     F K C W
F Y R V N V J R S E D Z Q P G T O P
K O X F U U Y I H T O H F Z X N O Y
P M O Q G C L N I E R B F V A T P D
N U G L     Q O T A E L     I D I G
L J U J U                 R Q O V Z
  R G E W C             U T P U O
    R Q S E N V B W H R V U C X
      F I L C I D L P K Z S F
        P G G D O O Q Z U R
          U K S I I A N A
            E D U D D X
```

RISPOSTA QUIZ 8

```
X P T H R                   R Z M W
D G E E I M               P X N O L
T L E C K L E           A M Q L G
X R D S O M M M       F Z O Q A
M S O I U R P A Y P F P U T
  U B I O S E Z D O Z S N
    C K O S T L M O V A
      C L N P U L A S U
        A L E I P A I U Q
        X D U H N R G A I O
      S C G A N B A A K L N F
    M C G U O L R T O T L A A V
  T G E N D     A U N V O J X L W
K S R F A         T X Z T U M S S
Y N J M             T N B H D M Z
Y A V                 E E J G N G
K D                     H R O A I
```

RISPOSTA QUIZ 9

R	D	E	Z	A	K	I	M	A	K	O	I	D	T	P
A	I	O	P	U	L	O	I	P	E	R	D	A	P	G
M	O	Q	O	B	W	E	C	H	G	S	Y	O	F	M
O	P	D	H	R	C	B	U	Q	E	Z	I	D	O	A
S	E	S	I	O	D	L	W	Z	J	C	F	I	S	D
O	N	O	K	O	J	A	B	B	C	Y	Z	O	O	O
R	N	P	E	J	P	S	L	A	W	G	U	M	T	N
B	E	U	G	M	S	E	I	U	E	X	F	A	R	N
B	L	Q	U	R	G	L	Z	S	S	N	L	F	E	A
E	L	D	P	O	G	I	U	Z	L	E	X	I	M	P
L	O	F	K	A	S	P	P	D	E	P	G	O	O	I
O	N	H	P	X	A	L	K	O	X	N	R	S	O	G
I	E	O	Q	P	Y	Y	A	G	I	T	T	O	I	X
D	I	J	A	R	Z	J	J	F	V	D	H	E	D	V
D	P	O	D	I	R	U	L	O	I	D	L	K	G	Q

RISPOSTA QUIZ 10

D	M	D	G	D									S	R	U	P
J	I	S	I	A	I							G	U	M	S	D
D	G	O	L	O	K	O					Z	Y	E	M	I	
N	I	S	I	J	F	C	I			O	U	N	D	O		
N	P	O	P	N	Q	U	R	M	J	T	O	J	G			
	Q	T	G	U	C	S	R	K	P	I	B	O				
		X	Z	U	Z	U	M	I	C	R	B					
			N	E	E	E	L	O	O	B	O					
				E	O	R	R	A	O	S	E	B				
				K	T	F	R	I	T	H	O	H	O			
			Y	W	O	X	L	A	P	O	V	R	J	G		
		O	C	I	C	A	R	F	O	I	D	M	X	W	R	
	X	Z	D	Z	J			K	O	S	L	A	F	O	I	D
X	H	V	T	T					T	T	K	R	U	I	P	V
U	K	Z	P							C	Y	K	N	U	Q	H
O	G	A									U	P	S	J	I	H
W	C											S	T	W	Q	H

RISPOSTA QUIZ 11

E	Y	G	T	Q	O	X	F	L	W	R	D	T	N	A	G
X	S	B	X	L	J	L	H	B	O	D	X	U	G	C	D
B	L	O	N	R	O	F	L	A	O	I	D	G	I	I	K
C	T	D	V	K	L	A	I	U	Q	Y	O	Z	O	D	P
R	B	I	M	R	C	W	R	Y	X	I	Z	P	Q	I	N
I	W	O	V	L	K	E	J	I	D	A	U	H	R	O	S
S	E	R	K	M	K	O	K	I	C	T	O	F	O	P	O
T	E	O	C	D	W	I	C	A	T	X	O	S	W	O	O
O	D	S	C	V	Q	I	Z	A	E	G	B	J	B	M	R
P	L	P	T	A	H	N	N	U	U	F	Q	T	R	P	E
O	F	O	K	Y	A	I	U	S	T	H	J	E	I	I	V
R	B	B	C	C	E	Q	L	Y	U	C	P	I	G	N	O
C	O	B	S	R	V	A	F	L	P	F	J	Q	G	A	P
O	V	O	E	S	O	H	H	W	B	H	X	W	M	R	O
A	I	F	G	I	R	V	T	Q	L	O	V	A	F	O	I
D	U	I	D	H	Y	K	Z	U	V	C	K	U	I	I	D

RISPOSTA QUIZ 12

M	Z	O	D	A	M	A	L	A	T	T	O	N	G	I	M
D	J	G	T	U	B	L	O	R	L	L	U	X	F	E	A
G	I	K	V	K	H	I	I	D	A	T	T	A	V	N	P
S	E	O	T	C	M	Q	V	V	M	J	U	E	I	Y	S
D	H	S	V	O	O	E	W	T	E	O	J	O	D	S	Y
I	Q	J	U	E	P	T	R	J	Q	N	U	V	N	T	L
O	P	P	O	F	R	O	R	D	K	Z	S	D	F	D	T
M	O	N	D	G	E	G	R	O	A	P	R	X	Q	T	X
E	M	F	A	K	W	B	I	N	M	D	U	I	M	K	X
R	M	X	M	G	D	S	B	N	O	O	I	O	E	F	X
D	D	G	A	H	E	U	L	R	E	D	T	O	P	W	Y
A	Y	E	C	H	P	I	W	K	E	L	I	S	B	U	T
I	S	H	R	M	M	R	I	D	O	E	L	O	I	P	K
P	E	D	O	O	C	K	M	V	S	Q	P	O	Z	R	K
P	V	K	P	X	X	R	I	T	W	O	M	P	U	N	C
H	K	U	Y	O	N	I	B	R	E	Z	O	I	D	G	Y

RISPOSTA QUIZ 13

M	D	H	N	D	E	Z	X	R	L	S	F	Y	L	Z	M	U	H
A	A	M	C	D	I	Y	P	O	O	R	N	P	H	X	U	Z	H
D	Q	U	H	C	F	O	F	A	K	P	H	Y	U	Y	N	L	V
O	G	P	T	U	K	F	C	U	Z	N	V	Y	Z	E	F	C	H
N	Q	L	L	P	A	F	D	A	V	O	I	E	N	J	L	K	N
N	K	X	O	D	A	O	E	H	Z	D	O	O	W	A	P	D	M
A	K	Z	I	F	U	P	T	J	D	Z	I	R	C	H	I	Q	R
P	E	O	O	N	A	U	S	E	G	H	I	C	X	G	J	B	C
E	P	U	K	E	X	Q	C	J	C	O	A	N	D	E	I	L	E
C	F	B	H	O	J	Z	Y	C	B	V	Z	N	O	S	J	O	D
O	J	V	K	V	X	T	I	O	A	D	M	A	C	U	E	N	O
R	E	T	D	N	M	R	S	N	R	Z	S	H	I	P	U	V	X
E	F	R	I	S	U	P	N	J	N	E	H	S	T	E	O	H	W
L	W	Q	M	S	K	O	P	G	I	H	O	B	B	S	B	X	Y
L	F	O	E	W	D	A	F	C	B	H	O	Z	G	C	D	C	V
A	K	G	E	A	L	Q	J	U	E	F	W	D	Z	E	O	L	T
X	R	R	M	H	C	Q	H	F	R	X	A	Y	O	A	N	H	L
S	Y	C	Y	R	B	R	V	M	L	T	O	S	A	G	C	D	Z

RISPOSTA QUIZ 14

D	W	D	B	Z	S	D	J	H	W	T	L	F	G	A
V	I	P	I	K	F	K	I	G	J	D	Y	E	S	G
H	I	O	P	O	E	D	V	O	S	O	S	D	O	D
Z	M	N	P	W	C	H	D	L	B	U	E	I	A	I
R	H	A	T	E	L	I	V	U	C	O	H	P	A	O
X	X	C	D	J	N	K	C	A	X	C	I	T	W	M
B	Q	D	U	O	X	N	N	L	C	Y	E	A	R	E
H	X	I	T	L	N	D	E	O	I	I	E	Y	V	R
V	P	H	I	I	I	N	D	L	D	S	W	P	T	L
K	C	Q	G	T	S	I	A	O	L	V	T	T	A	U
S	P	T	O	E	P	A	T	S	F	O	W	A	Q	Z
E	T	O	V	U	X	S	B	W	U	M	N	Q	M	Z
T	F	X	S	L	I	X	H	D	Y	C	P	E	P	O
Y	F	E	P	R	H	V	N	J	D	H	A	M	R	O
V	G	I	C	E	O	Q	P	E	L	C	M	P	R	X

RISPOSTA QUIZ 15

P	C	U	M	H	B	G	T	N	A	U	U	V	T	J	Z	E
Z	U	R	A	T	S	I	B	U	C	A	N	N	O	D	A	M
A	U	X	I	U	U	G	H	H	U	R	W	O	L	H	C	C
F	C	D	S	S	T	W	H	X	X	K	L	O	G	I	R	S
D	R	N	I	C	T	S	T	N	K	U	E	M	W	I	X	S
Q	E	G	S	O	L	O	H	G	M	E	D	Q	S	N	B	O
G	D	K	Q	L	M	M	I	A	Q	Z	K	T	A	H	Q	Z
L	X	I	S	B	Q	I	N	N	S	W	O	I	J	P	M	D
G	A	V	O	M	H	N	C	U	C	A	O	R	P	A	D	I
R	I	J	R	M	O	L	N	R	P	U	S	R	J	X	K	O
Y	T	K	T	D	E	Y	J	E	O	R	L	Q	R	R	E	B
C	S	Q	A	H	E	R	C	R	C	P	X	A	I	N	X	R
V	E	M	K	P	Z	O	D	Z	F	U	E	G	D	K	B	I
H	B	L	W	A	R	J	C	A	O	K	T	N	D	I	M	B
A	O	P	X	A	S	X	O	I	S	J	R	I	E	T	O	A
W	I	U	W	H	N	F	W	Z	B	N	N	R	W	M	I	W
U	D	R	I	A	U	O	F	D	O	I	B	S	Z	H	R	Q

RISPOSTA QUIZ 16

C	T	A	U	V	L	W	E	B	N	P	C	O	Z	M	W	K	R	J	O
C	R	P	W	Z	Y	H	A	R	D	A	L	A	N	N	O	D	A	M	H
C	C	I	U	Y	X	Y	N	A	M	D	Z	C	F	X	J	J	A	Y	S
H	R	U	S	S	Z	V	H	I	L	U	I	M	U	Z	X	I	Q	T	K
D	C	I	H	T	L	W	U	H	U	Y	N	O	I	W	G	R	C	O	P
I	Q	D	S	D	O	X	C	F	E	C	K	X	S	G	L	S	I	K	Y
O	U	L	R	T	V	I	I	R	Y	N	N	M	E	C	S	A	W	D	W
I	C	P	F	Q	O	C	N	W	I	O	G	R	J	O	O	A	U	S	T
M	B	P	C	R	A	S	W	C	H	S	R	N	I	Y	K	S	I	U	S
U	P	W	B	B	W	U	B	U	A	O	T	D	E	G	I	F	S	L	Y
H	K	F	P	I	G	N	O	O	C	P	I	O	Q	R	X	H	Y	A	P
D	A	D	N	P	G	C	K	S	R	C	R	I	T	Y	F	R	V	J	U
G	Y	Z	I	F	P	J	A	W	I	R	Y	E	J	A	A	M	N	F	I
O	K	Y	F	J	R	N	R	U	X	R	A	O	T	Q	S	E	E	R	I
Y	T	B	P	R	N	B	S	C	J	W	X	T	C	T	O	S	L	F	O
L	Z	N	A	O	X	O	N	K	W	H	V	K	O	Z	A	Y	A	U	V
E	T	L	D	O	I	N	Y	K	O	Y	R	C	N	P	S	T	K	N	M
K	P	A	K	D	M	E	J	X	W	N	F	D	E	X	A	N	O	R	K
N	M	C	R	X	K	B	G	H	F	L	N	X	Y	N	T	I	W	E	V
C	O	Z	J	B	P	D	E	E	C	T	W	D	Q	J	Q	N	U	O	I

RISPOSTA QUIZ 17

V	D	G	L	J	P	D	Y	R	O	X	T	P	H	C	D	T	S	G	U	N	B	G
Y	W	I	D	A	P	R	T	Y	R	B	K	H	K	R	T	P	S	F	X	V	L	V
R	W	G	O	I	C	S	F	C	I	N	U	V	F	I	I	R	P	G	V	Q	D	P
H	A	J	C	D	O	N	G	P	P	H	B	O	D	S	P	P	G	B	K	N	Z	S
N	T	S	Y	Y	O	T	V	K	D	O	L	B	A	T	G	C	P	C	C	R	B	Y
N	L	O	Q	N	W	P	E	K	V	B	X	C	H	O	M	R	W	O	F	W	M	O
B	S	L	T	O	Q	C	P	L	Z	H	N	S	B	S	A	N	X	J	X	Y	X	T
R	U	S	R	I	T	Q	Q	I	E	H	T	C	K	U	K	X	Y	W	C	P	N	Q
F	C	G	O	M	D	O	J	A	A	F	D	Q	C	D	F	B	B	Q	B	L	J	N
R	K	Z	F	B	A	N	M	A	Z	P	O	W	Y	O	A	E	R	C	S	B	A	J
Y	B	C	L	L	H	D	O	E	V	V	E	N	T	R	L	I	T	U	D	F	A	B
Q	W	Y	E	S	Q	N	O	C	R	H	P	N	O	E	S	P	U	A	I	T	U	Z
Q	I	S	O	Z	J	N	G	N	S	R	E	B	E	S	B	X	N	I	V	Q	G	Z
V	D	C	I	F	A	Q	D	T	N	O	E	H	M	T	C	V	A	N	L	I	O	U
M	C	R	D	P	J	D	A	A	G	A	I	T	X	Y	R	A	B	O	P	O	A	G
K	U	T	M	U	R	E	F	Y	J	V	S	D	O	M	H	A	R	U	P	Q	E	T
M	Q	F	V	K	I	H	K	S	L	T	X	A	U	T	E	I	Z	I	I	G	T	K
V	Y	R	W	H	W	M	R	B	R	S	D	Y	N	I	S	I	G	I	C	S	J	B
Z	Z	L	P	K	N	E	Y	G	K	L	B	H	E	G	U	I	C	P	O	O	R	W
T	J	L	F	H	T	H	Z	B	B	X	M	X	R	R	U	Q	R	L	W	N	A	X
N	D	B	N	D	F	Q	O	Q	J	B	I	S	F	X	B	E	Y	C	B	T	E	J
X	Q	M	D	F	G	A	L	C	I	A	B	H	Y	D	W	A	X	S	D	J	M	B
Y	E	O	N	I	P	S	I	R	C	N	A	S	A	I	G	G	A	N	N	A	M	E

RISPOSTA QUIZ 18

E	F	Y	C	E	O	E	H	D	C	L	J	W	A	C	B	D
Z	P	R	K	P	F	K	O	A	A	B	M	B	R	O	D	S
X	W	Q	O	O	Y	S	J	I	R	G	P	I	A	M	I	M
D	X	P	B	C	U	X	L	W	V	Q	S	H	A	M	O	M
R	I	K	H	T	I	M	H	J	H	T	W	D	R	E	F	D
N	A	O	P	I	P	O	N	B	O	U	O	H	C	C	U	Z
P	O	J	M	G	O	D	I	P	F	N	J	O	V	G	N	K
L	T	R	J	U	J	M	U	L	N	A	R	P	V	O	E	E
T	T	O	W	F	S	T	C	A	S	C	J	R	V	Y	R	Y
R	E	N	L	O	T	U	N	W	N	I	R	C	O	J	A	Y
E	L	X	P	A	X	E	L	I	R	R	G	I	A	V	L	E
N	U	X	N	J	R	X	O	M	E	J	D	N	W	P	E	W
Y	M	O	Y	A	K	T	Y	K	A	O	H	Z	O	P	M	P
J	O	H	O	O	S	P	D	D	C	N	S	B	F	R	L	U
I	I	Z	K	I	T	P	B	R	E	G	O	A	X	V	E	Q
M	D	V	R	X	Y	Z	O	R	J	A	X	L	E	M	B	L
A	E	C	B	R	D	P	A	G	L	B	I	F	O	X	D	Y

RISPOSTA QUIZ 19

A	D	X	T	Y	V	Z	R	Y	U	R	D	G	D	E	F	D	S
Q	Z	F	S	L	H	X	A	M	I	I	E	T	C	J	A	I	E
R	C	R	R	T	T	T	J	Z	O	U	X	R	S	E	G	D	A
A	R	E	V	X	A	C	A	P	I	N	I	V	Q	N	I	K	O
I	I	H	N	Y	R	G	U	R	J	S	E	Y	O	O	M	G	F
C	S	X	C	H	D	T	C	N	T	N	T	R	C	A	I	C	F
I	T	E	U	X	I	U	N	O	F	K	E	O	D	K	I	D	O
D	O	V	C	N	U	S	L	N	P	S	N	O	R	R	V	S	G
U	S	Y	C	I	N	U	Q	K	E	D	N	L	I	K	U	Q	O
S	P	I	V	V	R	F	Q	N	O	N	B	X	B	W	U	Y	I
A	E	H	D	I	G	Y	Z	M	A	F	G	J	G	N	L	Y	D
N	N	N	D	Y	Z	A	B	S	H	P	J	U	N	U	K	S	U
N	N	O	L	M	P	U	B	A	R	B	Q	M	A	A	E	P	V
O	A	J	T	E	C	O	P	Y	N	A	W	R	M	P	A	T	D
D	T	X	N	A	R	M	O	S	F	U	V	J	F	Q	D	E	N
A	O	E	T	R	E	K	W	G	F	E	D	V	D	Z	E	W	R
M	E	O	A	B	R	Z	V	S	E	P	M	U	R	T	O	I	D
H	E	J	P	W	I	J	T	O	C	U	M	O	I	D	G	I	X

RISPOSTA QUIZ 20

W	C	H	H	K	K	O	S	Z	P	D	U	W	T	L	R	I	N	K	V
M	E	R	P	J	Y	U	Z	B	I	T	B	A	V	K	N	P	M	Z	M
A	D	S	I	R	S	S	N	Z	J	I	Z	F	A	M	U	V	A	L	C
B	Q	I	Y	S	N	V	C	D	I	A	W	K	D	A	M	B	D	F	R
V	L	J	O	X	T	U	H	S	I	N	P	E	U	A	C	S	O	S	I
K	Y	W	R	I	W	O	G	R	E	O	Q	L	D	W	H	Z	N	T	S
Y	D	H	N	W	N	U	S	I	D	N	M	O	Q	A	J	F	N	G	T
L	I	V	P	R	G	G	G	E	Q	M	N	I	N	C	M	U	A	R	O
X	O	Y	J	H	M	T	A	P	G	N	Z	N	C	M	S	B	S	B	B
T	I	Z	A	O	H	O	C	N	A	A	O	E	R	H	E	S	U	E	U
N	N	I	N	U	Y	G	T	I	N	D	A	E	N	F	I	C	X	Y	C
N	F	L	T	P	P	F	C	I	A	A	V	D	A	G	E	A	N	Y	O
G	A	X	I	K	N	T	V	M	W	F	U	V	U	M	A	F	X	S	D
V	R	H	V	F	U	T	A	Z	K	C	R	C	U	E	H	W	X	U	E
R	T	R	B	S	S	L	D	S	A	R	P	Q	C	W	M	D	M	Y	L
A	O	S	B	F	I	Q	I	O	W	A	L	W	I	E	N	A	U	S	C
R	X	I	H	T	P	Z	T	C	X	H	G	O	E	F	L	M	N	F	U
G	G	H	T	D	I	N	H	B	A	W	X	I	N	F	P	L	W	I	L
I	R	O	A	V	I	Q	M	B	H	S	V	Z	H	H	P	X	I	X	O
W	F	E	F	E	S	D	T	L	J	L	F	I	K	I	D	Y	D	F	A

RISPOSTA QUIZ 21

G X

Z K

O Y T N

A E A M

P J F A C Y

V B N Q E H P A D R E M A I B B I B

K V W U R O T A T U P M A O I D Y

S R J C D R D D J A N A N K N

F A O L A I I T C I E C J

T U S O M E O C O O G

N B J R A C F E G

Z A F E X A T W U B N

I F Z P I N I G U J M M T

X F E O Y N J B U H P I A B Y

Q O F I H O L M F A T Q H

E G S D K D N A I G O Y

C U J S A B E A C K

Z H V M U R X T

RISPOSTA QUIZ 22

F

H N P

B H K

P I W A V

E D G M E

G R V C B Q J L E H M Z D T O K C G O

A Q X R P U S O S U I Z N W O O L O

L X P I O V L N O W I D T G Y X

C S I S N O Z I H A A B B W

D G Q T E W C Z N L D E

D A R O C N A Z G Y

E B O E B T C X U E

R I H B V A O O H N G M

J N S O J S Z A I B S E A Y

X O K T T S I B X A I K V O I

C A J S A A A L Z F B I B

B B C I E O W L G T X D

N W R K I W S U T K

W C L D T L O J

RISPOSTA QUIZ 23

H	G	D	U	A	D	U	R	S	G	R	I	J	K	C	W	M
V	X	E	K	I	U	I	H	W	N	Z	E	O	L	F	O	Z
Z	D	Y	S	H	E	U	O	W	Q	W	I	Q	X	D	H	R
S	B	I	T	U	G	Z	I	S	Y	O	Q	W	I	F	C	O
W	M	T	O	I	S	Q	F	T	E	C	O	O	T	R	J	X
D	V	O	K	Z	U	P	E	X	P	R	S	K	I	N	O	V
I	F	H	P	U	E	V	A	K	U	C	P	S	E	W	D	P
O	C	N	X	S	X	R	I	C	H	U	T	E	C	Z	U	D
S	B	U	E	T	O	T	B	I	C	O	C	P	N	J	I	K
P	D	X	L	N	B	R	F	I	T	I	P	N	O	T	K	E
O	E	D	C	M	W	O	N	A	N	O	A	P	L	P	E	X
R	L	I	O	S	C	X	M	A	S	O	Z	T	Y	J	U	H
C	N	J	P	A	Q	A	Z	H	S	R	W	A	O	K	Q	A
O	D	D	N	A	R	Q	R	D	Q	M	N	O	D	R	K	J
Q	V	Y	D	R	B	O	K	I	J	G	Y	P	J	I	E	B
Z	I	Z	O	K	D	P	W	A	Z	A	R	X	S	U	G	D
R	L	A	N	T	W	R	M	J	B	C	A	Q	J	B	G	R

RISPOSTA QUIZ 24

J	X	L	C	C	M	B	F	F	I	B	V	F	U	Z	U	M
M	C	A	U	H	O	L	V	I	K	Z	F	Z	K	J	A	D
A	R	Q	J	C	Z	S	Y	F	J	O	H	C	K	N	D	I
D	I	C	X	A	I	M	U	V	L	H	O	H	N	S	I	O
O	S	O	J	G	V	R	I	A	V	T	B	A	Y	K	O	C
N	T	Q	E	X	L	E	U	F	A	S	G	Z	E	H	C	A
N	O	Y	G	H	G	Q	A	R	G	G	R	D	K	R	A	G
A	C	C	T	P	S	E	T	C	I	T	L	P	P	O	N	N
P	A	Q	D	O	C	S	S	A	R	Z	I	V	Q	X	N	A
U	N	T	I	I	A	C	I	U	H	O	J	K	O	R	I	C
T	C	D	Q	C	G	L	O	F	S	X	P	G	V	S	B	C
T	R	L	O	B	P	Y	K	Y	J	Q	E	D	T	B	A	I
A	O	I	W	O	D	P	Z	S	G	G	U	F	O	T	L	O
N	D	T	M	E	E	U	J	V	L	J	K	A	E	K	E	M
A	F	O	J	L	K	Q	H	V	U	B	G	D	L	S	S	S
Q	E	S	E	J	B	Q	S	B	N	D	T	J	N	O	B	H
S	D	F	A	K	L	Y	C	S	N	Y	G	D	A	B	Q	C

RISPOSTA QUIZ 25

Y	U	F	D	I	O	L	I	B	A	N	O	R	Z	L	P	C
M	V	W	Y	J	V	F	K	G	Z	Q	F	R	Q	N	R	Y
O	O	L	D	A	O	E	H	D	I	U	P	B	L	I	X	R
Z	C	I	F	I	W	T	K	E	B	T	Y	M	S	E	P	V
Z	O	W	K	H	R	D	P	Y	Y	L	V	T	G	A	X	B
I	R	T	R	C	X	L	N	I	F	I	O	Q	Z	U	N	T
H	R	V	V	C	E	S	D	O	R	P	U	A	A	H	G	N
C	A	D	B	A	F	D	C	D	E	C	G	O	Z	B	D	P
S	P	R	X	M	G	Z	I	D	I	A	O	N	O	I	N	S
O	O	A	P	O	F	B	O	O	N	F	M	T	O	G	S	T
I	I	H	Q	I	R	F	E	N	B	H	L	G	S	E	A	N
D	D	O	E	D	I	T	O	H	L	I	U	T	T	I	P	G
V	D	P	V	L	R	D	J	K	Q	E	B	Q	A	I	R	V
M	J	X	O	G	A	B	P	P	R	B	J	B	Z	Z	R	C
M	Q	K	C	M	N	W	N	R	A	W	B	H	I	U	X	E
W	L	Y	Y	V	S	Y	A	P	R	G	G	W	I	A	W	S
W	X	A	I	M	M	E	T	S	E	B	O	T	S	I	R	C

RISPOSTA QUIZ 26

1	DIOINCULATO
2	CRISTOMERDA
3	MADONNAPENETRATA
4	DIOCALZINOBUCATO
5	CIOROM
6	CRISTO
7	DIOSCROTO
8	LURIDAMADONNA
9	CHIESACORROTTA
10	PRETESENZAPALLE

RISPOSTA QUIZ 27

1	D	I	O	P	O	M	P	I	N	O
2	C	R	I	S	T	O	A	T	E	O
3	L	A	C	H	I	E	S	A		
4	F	A	S	C	H	I	F	O		
5	C	O	M	E						
6	P	A	R	R	O	C	I			
7	P	E	D	O	F	I	L	I		
8	D	E	V	O	N	O				
9	E	S	S	E	R	E				
10	C	A	S	T	R	A	T	I		

RISPOSTA QUIZ 28

1	P	I	O	M	B	O			
2	A	I							
3	P	A	R	R	O	C	I		
4	M	A	L	E	D	E	T	T	I
5	F	I	G	L	I				
6	D	I							
7	P	U	T	T	A	N	A		
8	S	E	N	Z	A				
9	P	A	L	L	E				
10	D	I	O	P	O	R	C	O	

RISPOSTA QUIZ 29

													[1]D		
[2]D	I	O	P	O	R	C	O						I		
I													O		
O													L		
[3]M	A	[4]D	O	N	N	A	P	U	T	T	A	N	A		
O		I											D		
N		O											R		[5]M
C		[6]M	A	D	O	N	N	A	A	P	E	C	O	R	A
O		E													R
		R													I
		D													A
	[7]M	A	D	O	N	N	A	C	O	R	N	U	T	A	

RISPOSTA QUIZ 30

[1]M	A	[2]D	O	N	N	A	P	O	M	P	I	N	A	R	A
		I													
[3]D	I	O	C	A	S	T	R	A	T	O					
		G										[4]D			
	[5]M	A	D	O	N	N	A	L	E	S	B	I	C	A	
		Y										O			
								[6]D	I	O	C	A	N	E	
												T			
					[7]D	I	O	P	U	S	H	E	R		
												O			

RISPOSTA QUIZ 31

1. DIO
2. PORCODIO
3. DIOORCO
4. MADONNAPUTAIN
5. DIOPUTIN
6. CRISTOGAY

Verticale: DIOANO

RISPOSTA QUIZ 32

1. PORCA
2. DIOPENE
3. FIGA
4. DIOBASTARDO
5. LECCA
6. PUTMADRE
7. DIOMERDA
8. CRISTOASSHOLE
9. DIOLURIDO
10. MADONNABITCH
11. MADONNACAGNA
12. MADONNAMAIALA
13. DIOCESSO
14. MADONNAPECORA
15. DIOVERME

Verticale: ODIOLARELIGIONE

RISPOSTA QUIZ 33

14 + 15 = A 29	11 + 22 = I 33	57 - 30 = P 27	70 - 32 = Q 38	82 + 8 = C 90	88 + 10 = S 98
80 - 41 = F 39	36 + 38 = A 74	98 - 18 = B 80	59 - 38 = O 21	19 + 25 = E 44	84 - 59 = T 25
61 - 49 = N 12	51 + 30 = I 81	39 + 15 = A 54	39 + 53 = L 92	92 : 46 = D 2	36 x 1 = R 36
9 + 11 = H 20	13 + 15 = A 28	20 + 15 = C 35	98 - 23 = V 75	13 - 10 = N 3	86 + 10 = E 96
23 + 7 = O 30	42 + 28 = O 70	94 - 63 = I 31	60 - 44 = M 16	21 - 20 = A 1	54 - 43 = C 11
18 - 11 = M 7	38 + 33 = C 71	81 - 76 = A 5	75 - 56 = U 19	67 + 26 = E 93	47 + 44 = S 91
82 - 9 = A 73	75 - 38 = E 37	86 - 44 = H 42	83 - 42 = E 41	11 + 36 = O 47	4 x 17 = M 68
77 - 22 = E 55	92 - 30 = A 62	61 x 1 = I 61	92 + 8 = C 100	70 - 48 = È 22	80 - 56 = S 24
		28 + 66 = R 94	32 + 27 = U 59	71 - 71 = D 0	

38	59	1	3	0	21	75	41	2	70	19	12	29
Q	U	A	N	D	O	V	E	D	O	U	N	A
90	20	33	55	24	74	92	5	27	94	31	16	62
C	H	I	E	S	A	L	A	P	R	I	M	A
100	30	91	54	35	42	37	39	73	71	11	61	47
C	O	S	A	C	H	E	F	A	C	C	I	O

22	80	44	98	25	93	68	7	81	28	36	96
È	B	E	S	T	E	M	M	I	A	R	E

RISPOSTA QUIZ 34

5 + 31 = L 36	39 - 18 = L 21	78 : 2 = R 39	53 - 1 = L 52	5 + 52 = G 57	59 - 27 = I 32	34 - 3 = L 31
85 - 18 = I 67	6 + 64 = I 70	54 + 17 = G 71	95 x 1 = E 95	43 + 42 = I 85	34 : 2 = R 17	9 + 4 = P 13
15 : 1 = N 15	79 + 11 = A 90	72 - 63 = I 9	24 x 2 = A 48	21 + 61 = A 82	83 - 33 = O 50	77 - 52 = C 25
25 - 3 = N 22	3 x 2 = E 6	10 + 46 = D 56	97 : 97 = M 1	94 - 5 = R 89	84 + 16 = E 100	96 - 5 = E 91
82 - 20 = D 62	98 - 64 = O 34	49 - 22 = N 27	46 + 30 = T 76	55 + 31 = I 86	42 + 13 = I 55	13 - 8 = O 5
	56 - 32 = A 24	17 + 26 = O 43	94 - 30 = I 64	13 x 2 = G 26	39 + 22 = O 61	

61	62	32	43	31	90	17	6	36	86	26	85	5	15	95	
O	D	I	O	L	A	R	E	L	I	G	I	O	N	E	

56	64	34		67
D	I	O		I

13	89	100	76	70		1	24	22	27	48	71	57	9	82	55	21
P	R	E	T	I		M	A	N	N	A	G	G	I	A	I	L

25	52	91	39	50
C	L	E	R	O

RISPOSTA QUIZ 35

19 + 35 = M 54	40 : 1 = I 40	47 + 47 = Q 94	7 + 52 = T 59	73 x 1 = L 73	93 - 45 = A 48	28 + 65 = U 93
67 - 4 = A 63	69 - 14 = E 55	48 - 7 = A 41	41 + 56 = B 97	14 + 17 = F 31	82 - 14 = M 68	88 - 72 = S 16
44 + 43 = D 87	73 - 64 = S 9	2 + 78 = A 80	44 + 35 = U 79	73 - 63 = E 10	79 - 36 = E 43	40 : 2 = T 20
10 : 5 = E 2	4 + 7 = T 11	21 + 56 = I 77	2 x 6 = N 12	58 - 21 = B 37	64 + 1 = L 65	73 - 69 = B 4
74 - 27 = E 47	99 - 75 = E 24	92 - 10 = E 82	71 + 24 = S 95	21 + 8 = A 29	65 + 21 = M 86	94 - 24 = L 70
13 + 17 = M 30	11 + 63 = R 74	75 + 23 = I 98	45 + 4 = ! 49	23 - 22 = N 1	82 - 30 = I 52	33 + 24 = A 57
			96 - 81 = E 15			

4	47	95	20	24	68	86	77	41	74	82		31	63	37	55	1	15
B	E	S	T	E	M	M	I	A	R	E		F	A	B	E	N	E

80	65	70	57	9	29	73	93	11	43		94	79	40	12	87	98
A	L	L	A	S	A	L	U	T	E		Q	U	I	N	D	I

	97	2	16	59	10	30	54	52	48	49
	B	E	S	T	E	M	M	I	A	!

1. PIACIUTO IL LIBRO?

A	SI PORCO DIO MERDA
B	SI MADONNA A PECORA TRA I NERI
C	SI MANNAGGIA LA BARBA DI CRISTO

Printed by Amazon Italia Logistica S.r.l.
Torrazza Piemonte (TO), Italy

56466306R00050